M. Ferrone

Tempel der bösen Träume

Teil 1 – Gefahr in den Bergen

M. Ferrone

Tempel der bösen Träume

Teil 1 – Gefahr in den Bergen

Für DICH,
den Leser dieses Buches

© 2019 M. Ferrone

Text: M. Ferrone

Cover: Bild von Iryna Bugoslavska, Leipzig

Herstellung und Verlag: BoD – Books on Demand,
Norderstedt

ISBN: 978-3-7460-0635-2

Tempel der bösen Träume

Im Tempel der bösen Träume,

unendliche Weite der Räume.

Du selber hast die Macht,

besitzt du den Traumstein in der Nacht.

Steige die Stufen hinauf,

so nimmt das Schicksal seinen Lauf!

Siehst du den Schatten an der Wand,

alles liegt jetzt in seiner Hand.

Nur er kann das Böse besiegen,

er wird das Wesen aus den Träumen bekriegen.

Verzage nicht und habe Mut,

so wird am Ende alles gut!

Inhalt

Prolog

Etwas jagt dich durch die Nacht

Etwas verfolgt dich durch die dunkle Nacht. Ringsherum siehst du nur Schatten vorbeifliegen und der Schweiß steht dir auf der Stirn. Du hörst deinen Atem und merkst, dass sich deine Kraftreserven dem Ende zuneigen. Wer oder was verfolgt dich? Solltest du einen Blick nach hinten riskieren – nein! Du spürst, dass deine Lungen kurz davor sind zu bersten, und torkelst nach rechts, herunter von dem steinigen Pfad direkt auf einen Felsvorsprung zu. Ist das deine Rettung? Wie auch immer, du überlegst nicht lange, sondern kriechst in diesen Unterschlupf. Vorsichtig drehst du dich um und blickst hinaus, in eine völlige Dunkelheit. Plötzlich durchschneidet ein greller Blitz die Nacht. Aber nicht das ist es, was dich so erschreckt und dein Herz zum Rasen bringt. Direkt vor dir taucht eine fürchterliche Fratze auf, nur Zentimeter von deinem Gesicht entfernt. Die Augenhöhlen im gelblichen Schädel sind zwei schwarze Löcher von unendlicher Tiefe, ebenso abgründig ist der Mund, der fast den gesamten Kinnbereich einnimmt. Ein menschliches Wesen ist dies ganz gewiss nicht, das sich da in der Öffnung der Felsspalte hell erleuchtet vor dir befindet. Es sind nur Sekundenbruchteile, in denen du dich von der Schwärze der Augen und des Mundes aufgesogen fühlst und in ihm zu verschwinden meinst – da explodiert alles um dich herum und löst sich auf in gleißendes Licht ...

Dein Herz rast wie irre, panische Angst steigt in dir auf. Wo bin ich? Was ist passiert? Lebe ich noch? Die Fragen schießen dir in Sekundenbruchteilen durch den Kopf, nach und nach spürst du dich wieder und kommst in deiner mit Schafsfellen ausgelegten Schlafkoje zu Sinnen ... Nirgends eine dunkle Felsspalte zu sehen und auch kein fürchterliches Wesen, nur das Halbdunkel deines in schwaches Fackellicht getauchten Schlafgemachs. Während dein Herz in einem rasanten Takt pocht und dir das mit Adrenalin angereicherte Blut durch den Körper schießt, setzt du dich auf. Jetzt wird dir allmählich klar, was passiert ist. Es war ein Alptraum, nur ein böser Traum. Du, der furchtlose Abenteurer, der schon so viele Kämpfe bestritten hat, der eigentlich keine Angst mehr kennt und keine Gefahr scheut, sitzt hier zitternd auf einem Schaffell. Und du hast – Angst, richtig Angst. Dein Herzschlag will sich nicht beruhigen und du merkst, wie dein Körper zittert. Was zum Teufel ist geschehen? Es war doch nur ein Traum. Oder?

Am nächsten Morgen sitzt du am Esstisch in deinem großen Gemach. Von hier oben hast du durch die Öffnungen zur Seeseite hin eine weitläufige Aussicht über einen Teil des Sees und die Uferbereiche bis weit in die Lande hinein. Über dem Feuer im großen Kamin brutzelt ein feines Schmorgericht. Deine Behausung liegt auf einer kleinen Felseninsel inmitten eines kleinen Sees mit dem Namen Argonyara. Ganz oben auf einem großen Felsen steht dein Reich, das den höchsten

Punkt der Insel bildet, es ist teilweise in den Fels gebaut, so auch dein Schlafgemach. Von der Eingangstür ausgehend, windet sich eine in den Fels gehauene Treppe durch die Felsenlandschaft in die Tiefe, bis zum Seeufer hinunter, bevor sie an einem kleinen Strand endet. Auch hier ragen an den Seiten schroffe, monumentale Felsen fast hundert Meter in die Höhe. Dein Ruderboot ist an einem dieser Felsen befestigt, damit es nicht durch den Wind abgetrieben wird. Du lebst hier alleine und sehr bescheiden, wenn es dich nicht gerade in die Ferne zu neuen Abenteuern zieht. Gefahrvolle Missionen mit deinem Schwert, das neben dem Kamin hängt und stets dein treuer Begleiter war. Doch über die Grenzen von Salmonien hat es dich dabei noch nicht hinausgezogen. Dein letztes Abenteuer liegt zwar noch gar nicht so weit zurück, aber nach dieser schrecklichen Nacht und dem sonderbaren Alptraum scheint dir das alles weit, weit weg zu sein. Stattdessen sitzt du jetzt todmüde da. Deine Gedanken sind schwer von Müdigkeit und doch lässt dich der nächtliche Traum nicht mehr los.

Bevor es losgeht, musst du dich nun mit den Spielregeln vertraut machen, kennst du diese bereits, kannst du diesen Teil überspringen und deine Startwerte festlegen.

Spielregeln

Du hältst hier ein interaktives Fantasy-Rollenspielbuch in den Händen, in welchem DU selber in die Rolle des Helden schlüpfst und DEIN Abenteuer bestreitest. Durch DEINE Entscheidungen wird der Fortlauf der Geschichte von nun an bestimmt.

Das Abenteuer ist in Abschnitte untergliedert, die nummeriert sind. Nachdem du dich mit den Regeln vertraut gemacht hast und deine Startwerte festliegen, beginnt dein Abenteuer in Abschnitt 1.

Des Weiteren benötigst du Bleistift, Papier, Radiergummi sowie einen oder am besten zwei normale sechsseitige Würfel.

Dein Abenteuerprotokoll

Während deines Abenteuers führst du ein sogenanntes Abenteuerprotokoll. In diesem sind deine Eigenschaften und Werte aufgeführt sowie Gegenstände vermerkt, welche du mit dir führst. Außerdem bietet es dir die Möglichkeit für Notizen und Anmerkungen. Am Ende dieses Kapitels siehst du, wie das Protokoll aussehen könnte.

Lebensenergie

Die Lebensenergie spiegelt deinen aktuellen körperlichen Zustand wider. Sinkt sie auf oder unter 0, so ist das Abenteuer sofort beendet, auch wenn dies nicht ausdrücklich im Text erwähnt wird. Du stirbst quasi an deinen Verletzungen und/oder an anderen körperlichen Schäden. Deine Lebensenergie wird sich im Laufe des Spiels fortlaufend verändern, beispielsweise wenn du giftige Beeren verzehrst und dafür wertvolle Punkte deiner Lebensenergie verlierst. Oder wenn du Punkte im Kampf durch gegnerische Treffer einbüßt. Deine Lebensenergie darf den anfänglichen Startwert niemals überschreiten. Mehr dazu erfährst du später.

Kampfkraft

Um Kämpfe mit Ungeheuern und anderen finsteren Gestalten wirst du nicht herumkommen. Die Kampfkraft gibt deine Stärke in solchen Auseinandersetzungen wieder. Je höher sie ist, desto stärker und mächtiger bist du. Doch deine Kampfkraft kann sich im Laufe deines Abenteuers verändern. Hier darf der Startwert allerdings im Gegensatz zu deiner Lebensenergie überschritten werden. Wie ein Kampf abläuft, erfährst du weiter unten.

Rucksack

Du wirst bei deinem Abenteuer einen Rucksack dabeihaben, in dem du Gegenstände (sogenannte Rucksackgegenstände), die du unterwegs findest, mitnehmen kannst. Außerdem bietet er dir Platz für Reiseproviant.

Insgesamt kannst du acht Gegenstände in deinem Rucksack verstauen. Du kannst diese Gegenstände jederzeit wegwerfen, um beispielsweise Platz für neue Dinge zu schaffen, dies wird nicht extra im Text erwähnt. Diese Möglichkeit gilt jedoch nicht in Abschnitten, in denen du dich in einer Kampfhandlung befindest. Werden die Eigenschaften eines Gegenstandes im Text erwähnt, so musst du dies zu dem entsprechenden Gegenstand ebenfalls in deinem Abenteuerprotokoll vermerken. Rucksackgegenstände werden im Text immer durch Unterstreichung explizit hervorgehoben.

Gold

Die Währung, mit der in Salmonien und Lazedon bezahlt wird, ist die Goldmünze. Du hast einen Beutel, in welchem du diese aufbewahrst.

Spezielle Gegenstände

Alle Gegenstände, die du nicht in deinem Rucksack mit dir führst, werden unter spezielle Gegenstände auf deinem Abenteuerprotokoll aufgelistet. Dazu gehören beispielsweise Ringe oder Amulette, welche du am Körper trägst. Spezielle Gegenstände kannst du unbegrenzt mit dir führen, anders als bei den Rucksackgegenständen. Du kannst diese speziellen Gegenstände in der Regel ebenso ablegen wie die Rucksackgegenstände, außer du befindest dich in einem Abschnitt, in welchem du in eine Kampfhandlung verwickelt bist.

Wenn spezielle Gegenstände jedoch nicht mehr abgelegt werden können, wird dies explizit im Text erwähnt. Werden die Eigenschaften eines solchen Gegenstandes im Text genannt, so musst du diese zu dem entsprechenden Gegenstand ebenfalls in deinem Abenteuerprotokoll vermerken. Spezielle Gegenstände werden im Text immer fett unterstrichen geschrieben und dadurch explizit hervorgehoben.

Proviant

Während deiner Mission wirst du gelegentlich etwas essen müssen. Jede Portion Proviant gilt hierbei als ein Rucksackgegenstand. Es liegt an dir, wie viel Proviant du mit dir führst beziehungsweise findest. Denke daran, dass jede Proviantration einen Platz in deinem Rucksack für andere, vielleicht wichtige Gegenstände wegnimmt. Andererseits kannst du ohne Proviant auch wichtige Lebensenergie verlieren, die dir später dann fehlen wird.

Kämpfe

Manchmal wirst du im Verlauf deines Abenteuers Kämpfe auf Leben und Tod bestreiten müssen. Diese laufen folgendermaßen ab:

Du hast es mit einem oder mehreren Gegnern zu tun, deren Kampfstärke und Lebensenergie angegeben wird nach dem Schema:

Gegner   K10   L20

13

Dein Gegner hat in diesem Fall 10 Punkte Kampfkraft und 20 Punkte Lebensenergie.

Der Kampf läuft in einzelnen Runden in den folgenden Schritten ab:

1. Würfle 2-mal mit einem normalen Würfel (oder 1-mal mit zwei normalen Würfeln) und addiere die gewürfelten Augenzahlen.

2. Zähle das so ermittelte Ergebnis zu deiner Kampfkraft hinzu. Dies ist deine Angriffskraft für diese Runde.

3. Würfle noch mal 2-mal und addiere die gewürfelten Augenzahlen.

4. Addiere zu diesem Ergebnis die Kampfkraft deines Gegners, dies ist die Angriffskraft deines Gegners in dieser Runde.

5. Vergleiche deine Angriffskraft mit der deines Gegners.

— Sind beide gleich, so hat keiner dem anderen einen Schaden zugefügt. Dann beginnst du erneut bei Schritt 1.

— Hast du eine höhere Angriffskraft, so hast du deinem Gegner einen Treffer zugefügt. Ziehe dann seine Angriffskraft von deiner ab. Die so ermittelte Zahl entspricht dem Trefferschaden, so viele Punkte musst du von der Lebensenergie deines Gegners abziehen. Weiter geht es bei Schritt 6.

— Hat dein Gegner eine höhere Angriffskraft, so hat er dir einen Treffer zugefügt. Ziehe deine Angriffskraft von der deines Gegners ab. Die so ermittelte Zahl entspricht dem Trefferschaden, so viele Punkte musst du von deiner Lebensenergie abziehen. Weiter geht es mit Schritt 7.

6. Hat dein Gegner eine Lebensenergie, die kleiner oder gleich 0 ist, so hast du ihn besiegt. Weiter geht es bei dem Abschnitt, auf den im Text verwiesen wird. Ist die Lebensenergie deines Gegners immer noch größer als 0, so geht es wieder mit dem 1. Schritt von vorne los, eine neue Kampfrunde beginnt.

7. Ist deine Lebensenergie kleiner oder gleich 0, so hat dir dein Gegner eine tödliche Wunde zugefügt, dein Abenteuer endet dann an dieser Stelle. Ist sie weiterhin größer als 0, so beginnt eine neue Kampfrunde, wieder beim 1. Schritt.

Beispiel:

Du kämpfst gegen einen Ork und hast selber eine Kampfkraft (K) von 15 und eine Lebensenergie (L) von 43. Der Ork hat:

Ork   K12   L22

Die erste Kampfrunde beginnt:

1. Du würfelst eine 2 und eine 6, addiert ergibt dies 8.

2. 8 (Ergebnis aus 1.) + 15 (deine Kampfkraft) = 23; dies ist deine Angriffskraft in dieser Runde.

3. Du würfelst eine 2 und eine 3, addiert ergibt dies 5.

4. 5 (Ergebnis aus 3.) + 12 (Kampfkraft deines Gegners) = 17; der Ork hat in dieser Runde also eine Angriffskraft von 17.

5. Deine Angriffskraft ist in dieser Runde mit 23 größer als die deines Gegners, welche 17 beträgt. 23 (deine Angriffskraft) minus 17 (Angriffskraft des Gegners) ist 6. Du hast dem Ork also einen Schaden von 6 zugefügt, du musst dementsprechend seine Lebensenergie von 22 auf 16 herabsetzen (22 - 6 = 16). Weiter geht es jetzt bei Schritt 6.

6. Die Lebenskraft deines Gegners ist weiterhin größer als 0, du hast ihn also noch nicht besiegt. Eine neue Runde beginnt wieder bei Schritt 1.

...

Der Kampf ist beendet, wenn du deinen Gegner besiegt hast (wenn dieser 0 oder weniger Punkte Lebensenergie hat) oder deine Lebensenergie auf 0 oder darunter sinkt.

Gibt es Besonderheiten in einem Kampf, so wird dies im Text geschildert und es wird erläutert, wie diese Bedingungen zu handhaben sind.

Spezielle Eigenschaften

Als Abenteurer bist du ein starker und gewandter Kämpfer, geschickt und nicht leicht kleinzukriegen. Trotzdem hast du vielleicht noch andere besondere Fähigkeiten. In diesem Abenteuer spielen fünf dieser speziellen Eigenschaften eine wichtige Rolle.

— Kräuterkunde:

Du kennst dich mit Pflanzen, Kräutern und auch Beeren und Pilzen aus. Dieses Expertenwissen ermöglicht es dir, zum Beispiel giftige Kräuter von Heilkräutern unterscheiden zu können.

— Sprungkraft:

Du bist in der Lage, große und akrobatische Sprünge zu vollziehen. Dies ist besonders dann hilfreich, wenn du zum Beispiel über eine Grube springen musst oder dich in einem Dschungel von Baum zu Baum hangeln möchtest.

— Wissen:

Hierbei geht es um spezielles Wissen über dein Land Salmonien. Du kennst Legenden über bestimmte Orte und weißt auch sehr viel über Eigenheiten und Brauchtümer in anderen Regionen deines Landes.

— Ausdauer:

Zweifellos hast du als gestandener Abenteuer eine gewisse Ausdauer. Vielleicht ist diese aber noch stärker als bereits sehr gut ausgeprägt. Deine Mission verlangt dir alles ab, eine extreme Ausdauer könnte sich auf dieser langen Reise daher vielleicht als sehr hilfreich herausstellen. Oder sie könnte helfen, in Gebieten mit extremen Bedingungen zu überleben.

— Charisma:

Als Abenteurer weißt du dein Schwert zu benutzen, doch wie ist deine persönliche Wirkung auf dein Gegenüber? Vielleicht besitzt du ja ein besonderes Charisma, eine natürliche positive Ausstrahlung. Manchmal ist es doch schwer als Einzelkämpfer und ein Verbündeter kann sich als sehr hilfreich erweisen.

Religion

In deinem Heimatland Salmonien gibt es im Wesentlichen zwei Religionen und damit auch zwei Götter: den Roten Drachen und den Grünen Drachen. In beiden Religionen trägt der Gläubige eine entsprechende dauerhafte Tätowierung auf dem Handrücken seiner rechten Hand. Auch ansonsten scheinen sich die beiden Glaubensrichtungen sehr ähnlich zu sein, obwohl beide von sich behaupten, dass sie zuerst da waren. Und bis auf die Farbe des Drachens gibt es keine wesentlichen Unterschiede. Auch du wirst dich, bevor du in dein Abenteuer stürzt, für eine der folgenden drei Glaubensausrichtungen entscheiden müssen:

— Roter Drache

— Grüner Drache

— etwas Anderes/kein Glaube

Der Verlauf deines Abenteuers kann je nach deiner Wahl in verschiedene Richtungen führen.

Willenskraft

Normalerweise bist du als Abenteurer fest entschlossen, deine Ziele konsequent zu verfolgen. Doch in diesem Abenteuer hast du es mit einem extrem mächtigen Gegner zu tun, der deine Willenskraft brechen möchte. Sinkt deine Willenskraft von ihrem Anfangswert auf den Wert 0 oder darunter, so wird dies verheerend für dich sein. Je höher der Wert ist, desto fester werden deine Entschlossenheit und dein Wille sein, für deine Ziele zu kämpfen. Im 1. Teil des Abenteuers wird sich deine Willenskraft noch nicht verändern, jedoch wird sie im 2. Teil eine entscheidende Rolle spielen, da dein starker Gegner sie zerbrechen möchte.

Truppenstärke

Du wirst einmal während dieses Abenteuers in die Situation kommen, eine Truppe von Kriegern zu führen. Deine Truppenstärke gibt die Anzahl dieser Krieger an. Alles Weitere erfährst du im Text, wenn du an der entsprechenden Stelle angekommen bist.

Kämpfe mit einer Truppe

Diese Ausführungen kannst du auch erst mal überspringen. Sobald du aber eine Truppenstärke besitzt, musst du dich mit den folgenden Kampfregeln für deine Truppe vertraut machen.

Kämpfe mit deiner Truppe laufen anders ab als deine oben erläuterten Einzelkämpfe. Für die gelten folgende Regeln:

Beispiel:

Gegnerische Armee T10

Du triffst in diesem Fall mit deiner Armee auf eine gegnerische Armee mit der Truppenstärke 10. Jetzt geht es in folgenden Schritten weiter, die einer Kampfrunde entsprechen:

1. Würfle 1-mal. Ziehe das Ergebnis von der Truppenstärke deines Gegners ab. Mache dir dazu am Besten entsprechende Notizen auf deinem Abenteuerprotokoll.

2. Würfle 1-mal. Ziehe das Ergebnis von deiner Truppenstärke ab. Ändere dies entsprechend auf deinem Abenteuerprotokoll.

3. Sinkt die Truppenstärke des Gegners auf oder unter 0, so ist die gegnerische Truppe besiegt worden, wenn deine eigene Truppenstärke weiterhin größer als 0 ist. In diesem Fall geht es sofort bei dem Abschnitt weiter, auf den im Text verwiesen wird. Sinkt jedoch deine eigene Truppenstärke auf oder unter 0, so ist deine Truppe gefallen, inklusive deiner Person, denn du bist Teil deiner Truppe. In diesem Fall ist das Abenteuer an dieser Stelle für dich sofort zu Ende. Dabei spielt es keine Rolle, wie hoch in diesem Fall die Truppenstärke des Gegners noch ist. Beträgt diese 0 oder weniger, ist dies nämlich so zu interpretieren, dass es bei der Schlacht überhaupt keine Überlebenden gibt. Obwohl alle Gegner gefallen sind, ist auch dein Abenteuer zu Ende, weil auch du mit deiner Truppe gefallen bist. Sind sowohl die gegnerische als auch deine eigene Truppenstärke nach Schritt 3. größer als 0, so geht es

wieder mit Schritt 1. los, eine neue Kampfrunde beginnt.

Ein einzelner großer Gegner kann natürlich auch wie
eine ganze Armee behandelt werden und demzufolge
eine Truppenstärke erhalten. In diesem Fall spiegelt
dies einfach seine Kampfstärke wider, die jener Anzahl
von Kriegern entspricht.

Abenteuerprotokoll

Das folgende Abenteuerprotokoll solltest du mit einem Bleistift ausfüllen, denn du musst es ständig ak-
tualisieren. Es könnte folgendermaßen aussehen:

Abenteuerprotokoll von ...

Lebensenergie: (Startwert:)

Kampfkraft:

Truppenstärke:

Willenskraft:

Religion:

Spezielle Eigenschaften:

Rucksack:

1	5
2	6
3	7
4	8

Spezielle Gegenstände:

Gold:

Notizen/Vermerke:

Kämpfe:

Kampfkraft des Gegners:

Lebensenergie des Gegners:

Meine ermittelte Angriffskraft:

Ermittelte Angriffskraft des Gegners:

Truppenkämpfe:

Truppenstärke des Gegners:

...

Deine Startwerte

Du beginnst mit 100 Punkten Lebensenergie und 15 Punkten Kampfkraft. Deine Willenskraft beträgt zu Beginn 5 Punkte. Außerdem musst du dich auf eine der drei weiter oben im Abschnitt Religion genannten Glaubensausrichtungen festlegen. Ob du eine spezielle Eigenschaft besitzt, kannst du selber entscheiden. Allerdings musst du für jede spezielle Eigenschaft, die du besitzt, 20 Punkte vom Startwert deiner Lebensenergie abziehen oder alternativ 1 Punkt von deiner Kampfkraft. Wäge also ab, ob und welche speziellen Eigenschaften du haben möchtest.

Beispiel: Du möchtest dein Abenteuer mit den speziellen Eigenschaften Ausdauer, Charisma und Kräuterkunde beginnen. Trage diese in dein Abenteuerprotokoll ein. Dafür bist du aber mit weniger Lebensenergie oder Kampfkraft ausgestattet. Da du 3 spezielle Eigenschaften ausgewählt hast, musst du hier 3-mal in den sauren Apfel beißen. Du kannst beispielsweise mit 60 Punkten Lebensenergie (2-mal 20 Punkte weniger Lebensenergie für zwei Eigenschaften) und 14 Punkten Kampfkraft (1-mal 1 Punkt Kampfkraft weniger für eine Eigenschaft) in das Abenteuer ziehen, oder mit 100 Punkten Lebensenergie und 12 Punkten Kampfkraft (3-mal 1 Punkt weniger Kampfkraft für drei Eigenschafen). Wählst du alle 5 speziellen Eigenschaften, so kannst du nicht mit 0 Punkten Lebensenergie starten (5-mal 20 Punkte weniger Lebensenergie für fünf Eigenschafen), denn dann wärst du nämlich schon tot (siehe den Abschnitt Lebensenergie). Dein Anfangswert an Lebensenergie muss also zu Beginn mindestens 20 betragen. Wählst du keine spezielle Eigenschaft aus, so besitzt du zu Beginn 100 Punkte an Lebensenergie und 15 Punkte an Kampfkraft. Überlege dir also sehr gut, ob und welche der speziellen Eigenschaften du wirklich benötigst. Trage deine Startwerte in dein Abenteuerprotokoll ein.

Die Truppenstärke spielt anfangs noch keine Rolle, dieses Feld bleibt daher zunächst frei. Was du ansonsten besitzt und an Gold auf deine Reise mitnehmen wirst, erfährst du im Verlauf des Geschehens. Auch diese Felder bleiben zunächst noch unausgefüllt, dein Rucksack ist erst mal leer.

Am Ende von jedem Abschnitt wirst du in Zukunft auf einen oder mehrere Abschnitte verwiesen, bei denen du je nach deiner getroffenen Entscheidung weiterlesen musst. Hierzu noch ein kurzes Beispiel:

33

Du bist in Abschnitt 33 angelangt. Vor dir sind zwei Türen.

Möchtest du die linke Tür öffnen → 333

Möchtest du die rechte Tür öffnen → 201

Schlägst du einen Purzelbaum → 15

Besitzt du noch Proviant und möchtest jetzt eine Portion davon essen (streiche sie danach von deinen Rucksackgegenständen) → 38

Möchtest du also in diesem Beispiel die linke Tür öffnen, so müsstest du bei Abschnitt **333** weiterlesen (auf den das Symbol → deutet). Entsprechend bei Abschnitt **201**, wenn du die rechte Tür öffnen möchtest. Wenn du aber lieber einen Purzelbaum schlägst ist es Abschnitt **15**, bei dem es weitergeht. Ziehst du es hingegen vor eine Mahlzeit zu verzehren, so musst du zu Abschnitt **38** weiterblättern. Dies kannst du aber nur dann tun, wenn du in deinem Rucksack noch mindestens eine Portion Proviant hast. Ist dies nicht der Fall, so steht dir diese Entscheidungsmöglichkeit auch nicht zur Verfügung. Hierbei musst du stets ehrlich sein, sonst verdirbst du dir selber den Spielspaß. Im Beispiel müsstest du wie im Text angegeben einmal Proviant von deinen Rucksackgegenständen streichen, wenn du ihn verzehrst und entsprechend bei Abschnitt **38** weiterliest (beachte bitte, ein Abschnitt endet erst mit Beginn des nächsten nummerierten Abschnitts). Dieses Prinzip wirst du auch als Spielbuchneuling schnell verinnerlichen, wenn du erstmal mit dem Spiel begonnen hast.

Nachdem du deine Startwerte bestimmt hast, geht es jetzt endgültig los, beginne dein großes und gefährliches Abenteuer im 1. Teil: 'Gefahr in den Bergen', mit Abschnitt 1.

1. Teil: Gefahr in den Bergen

1

Während deine Mahlzeit noch über dem Kaminfeuer in einer Pfanne gart, beginnt schon dein größtes Abenteuer überhaupt. Mehrmals hintereinander poltert es heftig gegen deine Eingangstür. Sofort bist du hellwach. Denn weder erwartest du Besuch, noch hat jemals irgendwer in all den Jahren, seit du hier oben auf der Insel lebst, auf sich aufmerksam gemacht. Wie sollte das auch anders sein, außer kleinen Tieren und dir gibt es hier keine weiteren Lebewesen. Oder doch? Jetzt liegt es an dir, deine erste Entscheidung in diesem Abenteuer zu treffen.

Ignorierst du das Klopfen einfach → 70

Nimmst du dein Schwert und öffnest bewaffnet die Haustür → 171

Riskierst du es, unbewaffnet zu öffnen → 115

Bleibst du vorsichtig, nimmst dein Schwert und fragst durch die geschlossene Tür:»Wer da?« → 325

2

Du blickst dich um, doch ein Spiegel ist hier nicht, nur die glatte Wand. Diesen Rückweg gibt es also nicht mehr. Jetzt hast du nur noch zwei Möglichkeiten.

Folgst du Kaveca über die Wendeltreppe in die Tiefe
→ 461

Betrachtest du den tanzenden Kreisel → 197

3

Am frühen Abend reitest du aus einem kleinen Hain hinaus und entdeckst vor dir einige Felder. Vor einem steht eine große Windmühle, welche sich direkt an den Weg schmiegt, der hier eine scharfe Kurve beschreibt und direkt auf Melihr zuführt. Melihr ist ein Dorf, das auf der Landkarte von einem roten Kreis umgeben ist. Warum bloß? Da es schon dämmert, beschließt du, gleich hier nach einem Nachtquartier Ausschau zu halten. Denn um das Dorf nicht zu durchqueren, müsstest du einen Umweg in Kauf nehmen, der dich enorme Zeit kosten würde. Das kommt für dich nicht infrage, denn Schnelligkeit ist das Gebot der Stunde angesichts der heiklen Lage, in der sich dein Land und König Marmod befinden.

Versuchst du, gleich in der Windmühle ein Nachtquartier zu finden → 241

Reitest du lieber erst mal nach Melihr hinein → 124

Verfügst du über die spezielle Eigenschaft Wissen → 217

4

»Streckt Eure rechte Hand in diese Öffnung!«, hallt es düster zu dir herunter und im Nu öffnet sich in dem massiven Burgtor etwa auf Brusthöhe eine kleine Luke. Du blickst hinein, erkennst aber nichts außer Schwärze.

Wagst du es tatsächlich, deine rechte Hand in diese Öffnung zu stecken, wie dir befohlen wurde → 343

Streckst du lieber die linke Hand hinein → 447

Andernfalls musst du umkehren und dir ein anderes Schlafquartier suchen. Aufgrund des beschwerlichen Weges zur Burg musst du dir in diesem Fall 4 Punkte von deiner Lebensenergie abziehen. Wenn du aber die spezielle Eigenschaft Ausdauer besitzt, musst du dir nur 2 Punkte von deiner Lebensenergie abziehen. Aufgrund der späten Stunde und zunehmender Müdigkeit nimmst du dann an der Wegkreuzung den kürzesten Weg, welcher dich direkt in den Nachtschattenforst führt → 39

5

Dieser unerträglicher Durst verursacht dir starke Kopfschmerzen und der Schweiß läuft in Strömen. Halb benommen, bahnst du dir deinen weiteren Weg durch den Wald, der viel eher ein Dschungel ist. Du büßt insgesamt 12 Punkte deiner Lebensenergie ein für diese Tortur.

Lies weiter bei → 212

6

Unweigerlich fällt dein Blick auf das Geschriebene.

Lies weiter bei→ 263

7

Vorsichtig trittst du auf die Holzbretter und hältst dich dabei an den beiden Handläufen fest, die hier angebracht wurden. Als du mitten auf der Brücke bist, stürzen auf der anderen Seite der Schlucht zwei lazedonische Soldaten zwischen den Büschen hervor. Mit ihren Säbeln schlagen sie sofort auf die Seile ein, mit denen die Brücke an Pfählen befestigt ist. Umgehend machst du kehrt und versuchst zurückzurennen. Weit kommst du nicht. Es braucht zwei bis drei heftige Hiebe, um das dicke Seil zu durchtrennen, und dann fällt die eine Brückenseite auch schon in den Abgrund hinab und die gesamte Brücke klatscht in ihrer ganzen Länge gegen die Felswand. Das alles nimmst du wie in Zeitlupe wahr. Du wirst dich nicht ewig an dem Holzbrett festkrallen können, wenn deine Kräfte nachlassen, wirst du loslassen müssen und in den tödlichen Abgrund stürzen. Dein Abenteuer wird beendet sein und der Feind hat es zu verhindern gewusst, dich inkognito einreisen zu lassen. ENDE

8

Eine halbe Tagesreise zu Fuß liegt Salmstadt und somit auch die dort ansässige königliche Residenz von deinem Zuhause entfernt. Zügig macht ihr euch auf den Weg, vorerst geht es durch leicht welliges Wiesen- und Buschland. Außer ein paar Bauern auf den Äckern begegnet ihr keiner Menschenseele. Lediglich ein paar kleinere Tiere seht ihr auf den Feldern oder ins Gebüsch huschen, in dem sie sich verstecken, wenn ihr euch nähert. Ihr bleibt immer auf dem Weg, der direkt nach Salmstadt führt. Nach einigen Stunden kommt ihr durch eine Ansammlung verfallener Holzhäuser, die sich am rechten Wegrand dicht aneinanderdrängen. Linker Hand ist nach 100 Metern Wiesenfläche ein kleiner Wald zu erkennen, über dem auffallend viele schwarze Vögel kreisen.»Möglicherweise sind es die großen, schwarzen und langen Leichenvögel, die sich von jeder Art von Aas ernähren«, meint Sal'Jil. Menschen siehst du hier keine und die Hütten der einstigen kleinen Siedlung scheinen längst verfallen und verlassen zu sein. Ein modriger Geruch steigt euch in die Nase. Während Sal'Jil seinen Schritt beschleunigt, überlegst du kurz, ob ihr die Hütten durchsuchen solltet oder ob es sinnvoll wäre, bis zum Waldrand zu gehen, um sich die Vögel genauer anzuschauen.

Beschleunigst auch du den Schritt, um diesen Ort schnell hinter euch zu lassen → 186

Versuchst du hingegen Sal'Jil zu überreden, euch die Häuser anzuschauen → 313

Möchtest du lieber zum Waldrand laufen → 152

9

Nach der nächsten Biegung triffst du auf einen großen Menschenauflauf, der sich wohl auf dem Dorfplatz versammelt hat, zu dem die Straße nun führt. Mühsam bahnst du dir mit deinem Pferd einen Weg durch die Menge und wirst dabei einige Male mit wüsten Beschimpfungen bedacht. Nachdem dir das schließlich gelungen ist, stehst du vor einem hoch aufgetürmten Scheiterhaufen, in dessen Mitte ein Pflock in den Boden gerammt wurde. An diesen Pflock ist eine junge Frau gefesselt, die panisch um Hilfe schreit. In einigen Metern Abstand zu diesem Scheiterhaufen steht die kreischende Menge ringsum. Erst jetzt siehst du, dass sich aus der Menge weiter rechts von dir drei schwarz gekleidete Gestalten in Richtung des Haufens in Bewegung setzen. Sie haben mit ihren schnellen Schritten den Scheiterhaufen fast schon erreicht. Die restliche Meute hält sich zurück und grölt weiter gegen die vermeintliche Hexe. Eine der drei Gestalten hat eine brennende Fackel in der Hand, mit der sie den Scheiterhaufen anzünden möchte. »Gib mir den violetten Stein!«, befiehlt die Frau, die vorher noch panisch geschrien hat. Meint sie dich?

Hast du einen solchen violetten Stein und willst ihn der Frau zuwerfen → 440

Willst du aus der Menge auf den Scheiterhaufen zustürmen, um der Frau den violetten Stein zu bringen (falls du ihn hast) → 228

Attackierst du den Fackelträger, der den Haufen anzünden möchte → 52

Verlässt du den Platz und überlässt damit die Frau ihrem Schicksal → 238

10

Die Männer stellen sich als Sird und Gatoor vor. Sie seien Gesandte ihres Sonnengottes Saah und würden ihm zu Diensten stehen. Er habe sie mit einer enormen Macht ausgestattet, die sie vor Gefahren und Angriffen schützt und fast unbesiegbar mache. Aber sie seien friedlich gesinnt und nicht daran interessiert, irgendjemandem zu schaden. Nur wenn man sie angreifen oder man ihnen das heilige Amulett stehlen würde, würden sie drastisch reagieren. Als Sird von dem heiligen Amulett spricht, greift Gatoor in einen der Rucksäcke. Du weißt, dass das Amulett nicht mehr dort ist, weil es sich nun in deinem Rucksack befindet. Du bekommst es mit der Angst zu tun.

Willst du ihnen das Amulett zurückgeben → 385

Wartest du ab, was geschieht → 298

Versuchst du zu fliehen → 303

11

Sichtlich geschockt über eure Verluste, macht ihr euch an den weiteren Aufstieg. Die Stimmung unter den Zwergen ist schlecht geworden und du hörst immer mehr Murren vor dir. Einige wollen zurück in ihr Dorf und ihr Leben nicht weiter aufs Spiel setzen. Als ihr schließlich kurz Rast macht und euch versammelt, erklären dir 10 Zwergenkrieger, dass sie zurückkehren und nicht mehr weiter an der Mission teilnehmen wollen (hast du weniger als 10 Zwergenkrieger, sind es alle verbliebenen). Auch auf gutes Zureden reagieren sie zunächst nicht. Du machst ihnen unmissverständlich klar, dass sie unter deinem Befehl stehen und dir vom Zwergenkönig überlassen worden sind. Trotzdem weigern sie sich beharrlich.

Knickst du ein und lässt sie zurück in ihr Dorf ziehen → *485*

Machst du ihnen klar, dass keiner ohne Zweikampf an dir vorbeikommt → *148*

12

Auch Sal'Jil verabschiedet sich von euch. »Nun, was habt Ihr auf dem Herzen?«, fragt dich der König, während er dir fest in die Augen blickt. Jetzt ist es an dir, das Thema zu bestimmen.

Teilst du dem König mit, dass du Sal'Jil misstraust → *143*

Vertraust du dem König an, dass du Wanosch, dem Hofmagier, misstraust → *483*

Befragst du den König über den Spion Herdwick → *305*

Befragst du den König über Gargarod, den Zwergenkönig → *460*

Oder über König Dagarmund → *402*

33

Vielleicht auch über die böse Zauberin Kaveca → 20

Fragst du den König direkt danach, ob er selber schon solche Alpträume hatte → 247

Oder ob er einen besonderen Rat für dich hat → 179

13

Mit einem heftigen Schnaufen inhalierst du das blaue Gas des Pilzes. Es stinkt fürchterlich und du musst kräftig husten und niesen. Dieses Gemisch ist nicht zum Einatmen für Menschen bestimmt, sondern dient dem Pilz dazu, Schädlinge abzuwehren. Du verlierst 22 Punkte deiner Lebensenergie und musst dich übergeben, bevor du deinen Weg fortsetzt, falls du diese Vergiftung überhaupt überlebt hast. Zum Glück hast du durch das Husten, Niesen und Erbrechen den größten Teil des Giftes wieder ausgeschieden.

Lies weiter bei → 413

14

Du tastest dich über die Holzbretter, hältst dich dabei an den Handläufen zu beiden Seiten fest. Die Brücke schwankt ordentlich hin und her. In den bodenlosen Abgrund wagst du dabei gar nicht zu schauen. Auf der anderen Seite angelangt, fällst du den Zwergen, die es vor dir geschafft haben, erleichtert in die Arme. Würfle nun für jeden deiner Zwergenkrieger 1-mal (zur Erinnerung: deine Truppenstärke entspricht der Anzahl deiner Zwergenkrieger). Für diese ist es schwieriger, die schwankende Brücke zu überschreiten, da der Handlauf nach Menschenmaßen angelegt wurde. Mit etwas Pech verlieren sie das Gleichgewicht und stürzen zwischen den Bodenbrettern und dem Handlauf hindurch in den tödlichen Abgrund. Bei jeder gewürfelten 6 stürzt einer der Zwerge ab, du musst dann 1 Punkt von deiner Truppenstärke streichen.

Wenn deine Truppenstärke danach noch größer als 4 ist → 232

Beträgt sie nach der Überquerung der Hängebrücke 4 oder weniger Punkte → 32

15

Es scheint sich bei diesen Wesen um Menschen zu handeln, um urtümliche Waldbewohner. Und derjenige, der vor dir geflohen ist, ist tatsächlich ein Junge. Man signalisiert dir, dass du keine Angst zu haben brauchst, und lädt dich ein, hierzubleiben und zu übernachten.

Nimmst du das Angebot an → 388

Suchst du dir lieber auf eigene Faust ein Nachtlager, kannst du dabei die Hilfe der Waldbewohner in Anspruch nehmen, die dir anbieten, dich zum Pfad zurückzuführen → 54

Ansonsten machst du dich alleine auf den Weg zu deinem Pferd → 444

16

Im Abendrot verlässt du Paz und reitest den Weg weiter in Richtung Zwergental, immer am Paz'il entlang. Schon von Weitem erkennst du das Schloss von Kaveca, das sich links vom Weg befindet. Als du auf gleicher Höhe mit ihm bist, schaust du es dir genauer an. Es ist ein breites, mehrstöckiges Gebäude, symmetrisch gebaut. Zwei Türme ragen links und rechts in den dunkler werdenden Himmel empor. Eine große Brücke führt hier über den Paz'il, um dahinter direkt vor dem kolossalen Schlosstor zu enden. »Meide das Schloss von Kaveca«, erinnerst du dich an die mahnenden Worte von Marmod. Einer gewissen Versuchung kannst du aber nicht erliegen, denn dieser geheimnisvolle und zugleich sehr düstere Ort reizt dich als Abenteuer. Aber deine Vernunft siegt, du besinnst dich wieder auf deinen Auftrag und gibst deinem Pferd die Sporen. Das Schloss lässt du hinter dir und näherst dich deinem Ziel, dem Zwergental. In einiger Entfernung ragen die riesigen Berge in den bereits dunkel gewordenen Himmel. Als du dich dem Eingang zum Zwergental näherst, entdeckst du schon von Weitem, dass zwei sonderbare Gestalten den Taleingang bewachen, der von zwei hohen Felsen flankiert wird. Aus der Nähe sehen diese Gestalten schlicht furchterregend aus. Sie haben Pferdehufe, schwarzes zottiges Fell und die Statur von Menschen, sie sind jedoch etwas größer und voluminöser. Ihre Gesichter sind ebenfalls mit Fell bedeckt, zwei spitze widerliche Hauer ragen aus dem Maul. Mit ihren Hörnern sehen sie wahrlich fast schon teuflisch aus. Sie halten jeweils einen gefährlichen Dreizack in ihren Pranken und versperren dir den Weg ins Tal. »Halt, Fremder, niemand darf das Zwergental betreten. Kehrt um!«, knurren sie dir in der Dunkelheit entgegen.

Sagst du ihnen, dass du zu Gargarod, dem Zwergenkönig, musst → 176

Bietest du ihnen Goldmünzen, damit sie den Weg freimachen → 153

Beschließt du, zum Angriff überzugehen → 355

17

Gargarod ist sichtlich erbost darüber, dass du seine 'Großzügigkeit' nicht zu schätzen weißt. Er nimmt es sich sehr zu Herzen und zieht 5 seiner Krieger wieder von deiner Truppe ab. Streiche 5 Punkte von deiner Truppenstärke.

Lies weiter bei → 276

18

Es ist erst das zweite Mal überhaupt in deinem Leben, dass du König Marmod IV. persönlich begegnest. An einer großen, gedeckten Tafel haben neben dir und dem König auch Sal'Jil und der höchste Hofmagier, Wanosch, Platz genommen. Der Bart von König Marmod IV. hat seit deiner letzten Begegnung mit ihm ein paar graue Strähnen bekommen, die Augen aber sind immer noch so alterslos und entschlossen wie damals. Wanosch ist ein junger, großgewachsener Mann mit langen blonden Haaren, die bis auf seine Schultern fallen. Auf seiner blauen Robe, die mit goldenen Stickereien verziert ist, erkennst du auch das Wappen von Salmonien, das sich aufbäumende Salmpferd. Während des Essens erzählst du den Anwesenden viel über dich, erst danach widmet man sich deiner bevorstehenden Mission. Vor euch ausgebreitet liegen Landkarten von Salmonien und Lazedon auf dem nun abgedeckten Tisch. Mit einem Federkiel und Tusche zeichnet der König auf der Karte Salmoniens die Route ein, die du zu bestreiten hast:»Ihr werdet durch Salmonien nach Nordosten bis zu den großen Bergen hinter dem Zwergental reisen müssen, die unser Land und Lazedon verbinden. Am eigentlichen Grenzwall sind mittlerweile zu viele gegnerische Soldaten, da kommt keiner mehr lebend durch. Gargarod, der Zwergenkönig wird Euch eine Armee seiner Zwergenkrieger zur Verfügung stellen, die Euch sicher über diese gefährlichen Berge geleiten wird. Den Zwergen ist es gestattet, sich frei in den Bergen zu bewegen, auch auf dem lazedonischen Gebiet, das hinter der großen Hängebrücke über die riesige Schlucht zwischen unseren Ländern in den Bergen beginnt. Erst dort, wo die Berge in Lazedon auslaufen, beginnt auch für sie ein verbotenes Terrain. Uralte Rechte spielen da eine Rolle. Dort angelangt, könnt Ihr mit Eurer Zwergenarmee die überschaubare lazedonische Soldatenbereitschaft angreifen, welche im Gebirge stationiert ist. Zum Glück rechnet Dagarmund nicht damit, dass sich jemand über die Berge nach Lazedon wagen wird, und den Zwergen ist dies ja ohnehin gestattet. Dieser Überraschungsangriff mit den Zwergen ist Eure einzige Chance, nach Lazedon zu kommen. Hinter der Stadt

Paz und dem Schloss der bösen Zauberin Kaveca, das Ihr unbedingt meiden solltet, beginnt das Zwergental, und dort werdet Ihr Gargarod auffinden. In Lazedon selber haben wir auch einige Spione stationiert, einer davon wird Euch suchen und bei der Mission helfen. Es ist Herdwick, unser bester Mann. Findet diese Bestie, die unsere Bürger und Soldaten mit bösen Träumen zermürbt, und tötet sie!«

Willst du den Anwesenden von deinem eigenen Traum erzählen → 233

Oder behältst du das lieber für dich → 450

19

Du möchtest deine Ruhe und genießt dein Bier alleine. Es schmeckt wirklich vorzüglich, der Wirt hat nicht übertrieben. Erfrischt setzt du deinen Weg fort.

Lies weiter bei → 21

20

»Kaveca ist durch und durch böse, hinterlistig und sadistisch. Aber Ihr braucht Euch vor ihrer Macht nicht fürchten, denn Ihr sollt ja nicht ihr Schloss betreten, in dem sie unheilvoll wirkt, sondern weiter ins Zwergental reisen und dort Gargarod um Unterstützung bitten. Macht einen Bogen um Kaveca und sie wird Euch nichts anhaben können.« Mit diesem Satz endet seine Rede, er geleitet dich zu deinem Schlafgemach und wünscht dir eine gute Nacht.

Lies weiter bei → 408

21

Beim Verlassen des Schankraums stößt du in der Tür mit einem Mann zusammen, der diesen gerade betreten will und regelrecht angestürmt kommt. Als er bereits an dir vorbei ist, dreht ihr euch beide um und schaut einander an. Der Fremde ist sogar etwas größer als du und trägt einen schwarzen Mantel, der unter dem Hals mit einer Brosche verschlossen ist. Seine schwarzen Haare stehen wirr in alle Richtungen ab. Der Blick ist extrem fahrig, gehetzt und auch aggressiv. Für Sekundenbruchteile treffen sich eure Blicke. Krampfhaft krallen sich währenddessen seine Hände um die Brosche. Aus einem Instinkt heraus hast du das Bedürfnis, ihm die Brosche abzureißen.

Gibst du diesem Instinkt nach und versuchst das Vorhaben in die Tat umzusetzen → 35

Wendest du dich von dem Fremden wieder ab, verlässt das Gasthaus und versuchst, diese Begegnung zu vergessen → 91

22

Hastig öffnest du den zweiten Rucksack in der Hoffnung, nicht entdeckt zu werden. Doch du wirst nicht entdeckt, sondern findest etwas Interessantes: ein an einer Halskette befestigtes, handtellergroßes Medaillon. Im Feuerschein schaust du es dir an. Es handelt sich um eine Sonne, deren Strahlen sich um sie herumschlängeln. Außerdem hat sie ein Gesicht, das dich nichtssagend, aber doch durchdringlich anzuschauen scheint.

Du kannst dir das goldene Sonnenmedaillon *umhängen und am Feuer abwarten (spezieller Gegenstand)* → 333

Oder das goldene Sonnenmedaillon *in deinen Rucksack stecken und abwarten (Rucksackgegenstand)* → 287

Möchtest du dir das goldene Sonnenmedaillon umhängen und dich zur Ruhe legen (spezieller Gegenstand) → 270

Ziehst du es vor, das goldene Sonnenmedaillon *in deinem Rucksack zu verstauen, bevor du dich schlafen legst (Rucksackgegenstand)* → 161

Legst du das Medaillon zurück und wartest am Feuer → 320

Du kannst es auch zurücklegen und dich am Feuer schlafen legen → 356

Ansonsten kannst du dir auch einen anderen Schlafplatz suchen. In diesem Fall kannst du das goldene Sonnenmedaillon entweder in den Rucksack zurücklegen, es dir umhängen, bevor du gehst (vermerke es dann als speziellen Gegenstand), oder es in deinem Rucksack verstauen und so auf diesem Wege mitnehmen (vermerke es dann als einen Rucksackgegenstand). Wohin gehst du in diesem Fall?

Wenn du noch nicht dort gewesen bist, kannst du zum ersten Lagerfeuer reiten → 198

In das Dorf mit dem großen Friedhof reiten → 489

Zur Burg des Roten Drachen → 453

Oder in den Nachtschattenforst → 39

23

Möchtest du dich als Zwerg tarnen, in die Hocke gehen und dich im Entengang über die Brücke bewegen → 443

Oder ganz normal gehen → 14

24

»Frevler!« Mit schnellen Schritten kommt der Priester um den Altar herum auf dich zu. Er hält ein grünlich schimmerndes Schwert in seinen Händen und greift dich mit dem Ausruf »Im Namen des Grünen Drachen, sterbt, unwürdiger Frevler!« an.

Priester des Grünen Drachen   K11   L23

Wenn du gewinnst → 419

25

Einige Menschen hasten vor dir her, als du mit deinem Pferd die Straße im Schritttempo entlangmarschierst. Von allen Seiten kommen die Menschen herbei und nachdem die Straße einen Knick gemacht hat, siehst du auch, wohin sie strömen. Alle orientieren sich zu einem Gasthaus mit dem Namen 'Zum Gefüllten Krug'.

»Schnell, schnell, Sie sind wohl fremd hier, kommen Sie endlich mit uns in den 'Gefüllten Krug'!«, herrscht dich ein Mann von der Seite an und zerrt dabei an deinem Ärmel.

Willst du dich der Menge anschließen und den 'Gefüllten Krug' betreten →371

Suchst du nach einer anderen Bleibe für die Nacht → 137

26

Ihr legt euch auf dem geschützten Plateau nieder und seid bald alle eingeschlafen. Doch jähe Schreie reißen dich aus deinem Schlaf. Über euch kreisen zwei leuchtende Harpyien und sofort sind alle hellwach, ein heilloses Durcheinander bricht aus. Der Angriff auf dich und deine Mannen steht unmittelbar bevor.

2 Leuchtharpyien   T8

Seid ihr euren Gegnern überlegen → 190

27

Blitzschnell reagiert der Mann und dreht sich zu dir um. Sein Umhang ist geöffnet.

Hattest du bereits im 'Blinden Ochsen' den Umhang geöffnet → 131

28

Dein Schweigen kommt gar nicht gut an und im Nu werden die Männer hochaggressiv. Zwei von ihnen stehen auf und nähern sich dir von verschiedenen Seiten in bedrohlicher Haltung. Derjenige, der dir gegenüber auf der anderen Seite des Feuers sitzt, meint höhnisch lachend:»Vielleicht redet unser Freund hier, wenn wir seine Füße ins Feuer halten.« In dieser brenzligen Lage gibt es nur noch zwei mögliche Auswege:

Entweder ergreifst du die Flucht → *336*

Oder du ziehst dein Schwert und kämpfst → *85*

29

Mit einem wilden Flackern in den Augen kommt der Mann von der Brücke direkt auf dich zugestürzt. Er zückt einen Dolch, um damit auf dich einzustechen. Doch bevor er dich erreicht, trifft ihn eine Streitaxt. Sofort sind zwei Zwerge da und bekämpfen ihn. Es geht alles sehr schnell, noch bevor du eingreifen kannst, liegen der Mann im schwarzen Umhang und die lazedonischen Soldaten schon tot am Boden. Die Gegner wären somit besiegt. Es waren gegnerische Streitkräfte und wer der Mann im schwarzen Umhang war, weißt du womöglich auch. Er hat etwas um den Hals hängen, das rot leuchtet. Es ist die Abbildung eines Wesens, das nur ein Klumpen aus Körper, Armen und Gesicht zu sein scheint. Ein äußerst hässliches Wesen. Doch als der Mann tot ist, leuchtet das Medaillon nicht mehr, sondern erblasst in sein ursprüngliches Grau.

Möchtest du dir das Medaillon des Toten umhängen → *478*

Setzt du lieber ohne Umschweife die Mission mit deinen verbliebenen Kriegern fort → *48*

30

Vorsichtig legst du eine Handfläche auf den Felsen, mit zugekniffenen Augen, da dich das hellgrüne Leuchten blendet. Doch ein Schmerz lässt dich sofort deine Hand zurückziehen. Ein enormer Stoß durchzuckt erst deinen Arm, dann deinen Körper und du krümmst dich vor Schmerzen im Sattel deines Pferdes zusammen. Der Energieschock, der sich von den magisch geladenen Felsen auf dich übertragen hat, kostet dich 13 Punkte von deiner Lebensenergie. Bloß schnell weg von hier!

Wenn du noch lebst, geht es weiter bei → *312*

31

Du verstehst den völlig aufgelösten Mann kaum noch und fragst dich, ob du ihm nicht zu viel zumutest. »Kaveca beschriftet die Rahmen selber, nachdem sie ihre Opfer ... bitte tötet diese elende Hexe, Fremder, und ich werde Euch auf ewig dankbar sein!« Dir ist klar, dass Tosch nur die Porträts malt, alles andere aber von Kaveca ausgeht. Da dein Porträt noch nicht beschriftet wurde, hast du vielleicht eine Chance, gegen diese Hexe zu bestehen. Du versprichst Tosch, dass du alles daransetzen wirst, Kaveca zu erledigen. Dann kann er auch ihr Porträt aus dem Flur zu den anderen Opferbildern stellen. Diese Aussicht macht ihm ein wenig Hoffnung. Du drückst ihm seine zitternde Hand und wünschst ihm alles Gute. Danach verlässt du diesen Raum.

Lies weiter bei → 495

32

Plötzlich stürzen aus den Büschen zwei lazedonische Soldaten auf euch zu. Falls du noch Zwergenkrieger hattest, so wurden diese alle bei dem Überraschungsangriff getötet. Nun stürmen die beiden mit Säbeln bewaffneten Soldaten auf dich zu. Du kämpfst verbissen, musst aber aufgrund ihrer Überzahl und Kampferprobtheit stetig zurückweichen, um ihre Angriffe parieren zu können. Dabei war es jedoch der eine Schritt zu viel und du stürzt in den bodenlosen Abgrund hinter dir. ENDE

33

In hohem Bogen schleuderst du deinen Rucksack ins Unterholz.

Lies weiter bei → 385

34

Einige Strapazen später erreichst du den Kraterrand. Tief unten siehst du gelblichgraue Gaswolken, doch du wendest deinen Blick lieber auf den Weg vor dir. Zunächst denkst du an eine Hitzehalluzination, als sich dir etwas Gelbes auf dem Weg von vorne nähert. Doch es ist eine Kreatur, bestehend aus Schwefel und Magie. Sie hat die Kontur eines Menschen, ist aber nur eine gelbe Masse, von der Tropfen zischend auf den Boden fallen. Wie reagierst du, denn eine Konfrontation kannst du nicht mehr vermeiden?

Ziehst du dein Schwert für einen Kampf → *354*

Hast du gelbes Schlafpulver und willst es einsetzen (streiche es danach aus deiner Liste) → *340*

Hast du ein Nebelhorn und willst es benutzen (streiche es danach aus deiner Liste) → *470*

35

Mit einem Ruck reißt du die Brosche aus dem Mantel, sodass der Fremde gar keine Gelegenheit hat, deinem Überraschungsangriff etwas entgegenzusetzen. Der Mantel ist jetzt geöffnet und du siehst, was der Fremde darunter verbirgt: An einer Kette um seinen Hals hängt das Abbild einer hässlichen, versilberten Kreatur, die furchteinflößend aussieht, sie ist ein Klumpen aus Armen, Gesicht und sonst was. Das silberne Umhängestück beginnt urplötzlich rot und fluoreszierend zu leuchten und pulsiert dabei regelrecht. Für einen kurzen Augenblick seid ihr beide wie gelähmt, dann dreht sich der Fremde um und betritt die Wirtsstube.

Verfolgst du ihn → 135

Oder verlässt du das Gasthaus → 466

36

Du bist so sehr in deine Suche vertieft, dass du die beiden Gestalten nicht bemerkt hast, die in die Tempelhalle gekommen sind und lautlos über den Teppich auf den Altar zuschreiten. Als sie ihren toten Priester auf dem Boden liegen sehen, schreien sie entsetzt auf. Danach entdecken sie auch dich. Du musst an ihnen vorbei, wenn du den Tempel verlassen möchtest, einen anderen Ausweg gibt es hier nicht. Mit wilden Schreien rennen sie auf dich zu, beide haben einen Dolch gezückt.

2 Glaubensdiener des Grünen Drachen   K16   L44

Gewinnst du den Kampf→ 194

37

Während sich die beiden anderen zurückhalten und den Kampf aus sicherer Entfernung betrachten, ist dein Gegner entschlossen, dich zu beseitigen.

Troubadour mit Hellebarde   K12   L28

Besiegst du ihn, drohst du in Richtung der beiden anderen Troubadoure und besteigst dein Pferd, um schnellstmöglich von hier fortzukommen → 230

38

Du drehst dich um und rutscht weg. Dabei verlierst du den Halt und stürzt in den Vulkankrater. Dein Abenteuer endet auf tragische Weise an dieser Stelle . ENDE

39

Der Weg führt in den düsteren Forst. Automatisch verlangsamt dein treues Pferd seinen Schritt und tastet sich vorsichtig auf dem Pfad entlang. Er ist breit, aber rechts wie links ragt Buschwerk empor, dahinter stehen die Bäume dicht an dicht. Ob es so klug war, nachts in diesen dunklen Forst zu reiten, fragst du dich gerade, als ein niedrig hängender Zweig dein Gesicht erwischt und eine blutende Wunde reißt. Es ist zwar nur eine kleine Wunde, dennoch büßt du 2 Punkte deiner Lebensenergie ein, auch für den Schrecken. Gerade betastest du die Wunde, als du auf beiden Seiten des Pfades etwas wahrnimmst. Rechter Hand meinst du, einen Jungen oder ein anderes kleines Wesen am Rand des Pfades gesehen zu haben. Oder waren es nur Schatten, optische Täuschungen? Links schimmerte kurz ein helles Leuchten hinter den Büschen hervor, zumindest deiner Wahrnehmung nach zu urteilen.

Willst du der Dunkelheit zum Trotz anhalten und nach dem Jungen schauen → 274

Hältst du an, um auf der linken Seite nach dem geheimnisvollen Leuchten zu sehen→ 348

Ist dir das alles zu riskant, so kannst du langsam weiterreiten und nach einem Schlafplatz Ausschau halten
→ 41

40

Tatsächlich sind es Sird und Gatoor, die du bereits am Lagerfeuer vor dem Nachtschattenforst kennengelernt hast. Die Freude über euer Wiedersehen ist groß. Sie erzählen dir, dass sie durch die Lande reisen, um an verschiedenen Orten Glaubensbrüder zu treffen. Heute Abend gibt es ein solches Treffen in Lumelar. Nach einem netten Gespräch verabschiedest du dich von den beiden.

Lies weiter bei → 21

41

Vorsichtig tastet sich dein Pferd durch den dunklen Forst und auch du hältst trotz deiner Müdigkeit nach Gefahren, die aus dem Wald kommen könnten, sowie nach tiefhängenden Zweigen und Ästen Ausschau. An einer Stelle, an der das Mondlicht durch die Zweige dringt und es etwas heller ist, siehst du rechts am Wegrand eine geschützte, moosbewachsene Stelle. Da du nicht weiter durch die Dunkelheit reiten möchtest und todmüde bist, steigst du ab und legst dich ins

Moosbett zum Schlafen nieder. Die Nacht ist nicht erholsam, immer wieder wirst du durch seltsame Geräusche aus dem Schlaf gerissen. Außerdem hattest du am Abend zuvor nichts gegessen. Als du nach einigen Stunden einschläfst, wirst du zu allem Übel noch von was für einem Wesen auch immer gebissen. Eine hässliche Wunde ziert deinen linken Oberschenkel, als du am Morgen gerädert und mit Schmerzen aufwachst. Dafür büßt du 1 Punkt Kampfkraft und 23 Punkte deiner Lebensenergie ein.

Wenn du danach noch lebst, lies weiter bei → 106

42

Ohne auf die Felder zu achten, gehst du auf die gegenüberliegende Tür zu und öffnest diese. Notiere 'beide Felder' in deinem Abenteuerprotokoll.

Lies weiter bei → 261

43

Die beiden stellen sich als Sird und Gatoor vor, sie seien Diener des Sonnengottes Saah. Sie reisten momentan durch die Lande, um sich mit Glaubensbrüdern aus verschiedenen Orten zu treffen. Nach einem netten Gespräch verabschiedet ihr euch voneinander und jeder geht seiner Wege.

Lies weiter bei → 21

44

Du verlierst völlig den Halt und stürzt von der Brücke in den Tod. ENDE

45

Müde schläfst du schließlich ein. Nachdem du anfangs Bedenken hattest hier zu schlafen, setzt sich die Erschöpfung durch. Am nächsten Morgen bist du ausgeruht und findest dich in der Höhle des Nachtschattens wieder, in die durch Ritzen helles Tageslicht strömt. Vom Nachtschatten ist hier keine Spur mehr. Auch die Flöte ist verschwunden, dafür hast du einen Ring an deinem linken Mittelfinger stecken, den du überrascht betrachtest. Notiere den Ring des Nachtschattens als speziellen Gegenstand in deinem Protokoll. Diesen kannst du aus eigener Entscheidung nicht ablegen. Sobald du im zweiten Teil deines Abenteuers zu einem Abschnitt kommst, hinter dessen Nummer das Symbol ◼ erscheint, lies sofort weiter bei Abschnitt 750. Vermerke dir das auf deinem Abenteuerprotokoll. Tagsüber ist es einfacher, sich durch das Dickicht des Nachtschattenforstes zu kämpfen. Das Lager der Waldmenschen umgehst du und auf dem Pfad angelangt triffst du zu deinem Glück auch auf dein treues Pferd.

Lies weiter bei → 106

46

Mühsam und mit verzerrtem Gesicht ringt dich Forjan nieder. Die Menge applaudiert ihm.

Lies weiter bei → 322

47

In einiger Entfernung stellst du dein Pferd am Waldrand auf einer saftigen grünen Wiese ab und näherst dich von hinten dem Gehöft. Es sind zwei alte Holzgebäude, das kleinere ist wahrscheinlich die Scheune. Dazwischen ist ein kleiner Hof, aber du kannst niemanden entdecken. Als du zwischen den beiden Gebäuden angekommen bist, hörst du Geräusche aus der Scheune. Nicht lange lässt auch der Verursacher auf sich warten und erscheint auf dem kleinen Hof. Es ist ein schäbig aussehender, finsterer Mann mit dunklem Hut und Stoppelbart, vermutlich der Bauer und Bewohner dieses Ortes. Doch alleine ist er nicht. Er führt einen riesigen Hund an der Kette mit sich, der sicherlich darauf ausgerichtet ist, unliebsame Besucher zu attackieren. Während dich der finstere Mann noch böse ansieht, zerrt der ausgerichtete Hund schon wild an der Kette und will sich auf dich stürzen.

Hast du die besondere Eigenschaft Charisma → 204

Besitzt du sie nicht → 411

48

Ihr erreicht das Ende des Hochplateaus – und vor euch liegt eine einfach fabelhafte Aussicht. Jetzt geht es an den Abstieg auf der anderen, der lazedonischen Seite. Auf halber Höhe seht ihr das Lager der gegnerischen Armee. Blockhütten sind erkennbar und patrouillierende Soldaten. An denen müsst ihr bei eurem Abstieg notgedrungen vorbei, wenn ihr nicht extreme Kletterwege auf euch nehmen wollt, die ihr nur äußerst unwahrscheinlich überleben würdet. Ihr werdet euch dem Lager vorsichtig nähern und dann angreifen. Die entscheidende Schlacht steht dir und deinen tapferen Zwergenkriegern nun bevor.

Lies weiter bei → *160*

49

Lies weiter bei → *454*

50

An der Tür wird mit einer so immensen Kraft gerüttelt, dass sie sich nach außen biegt und schließlich birst. Die Holzsplitter fliegen allesamt nach draußen in die Dunkelheit. Nicht lange dauert es, da erscheint ein grauenvolles Wesen in der nun vorhandenen Öffnung. Er hat den Körper eines Menschen und trägt schwarze Kleidung, doch seine rübenblauen Finger reichen bis fast auf den Boden und gleichen Tentakeln. Das Schlimmste aber ist der überproportional große, kugelförmige Kopf in der Farbe des leuchtenden Mondes. In dessen Mitte liegen die winzigen Augen sowie die Nase und der Mund ganz nahe beieinander. Es ist das blanke Grauen, der Horror, was da in die Gaststätte tritt. »Der Dämon ist gekommen«, hörst du eine flüsternde Stimme in deiner Nähe. Forjan tritt dem Wesen zunächst mutig mit seinem Dämonenschwert entgegen. Doch dann bekommt er bei diesem Anblick eine enorme Angst und lässt das Schwert fallen. In diesem Moment streckt der Dämon seinen rechten Arm in Richtung Forjan aus, lacht böse und eindringlich und seine Finger schießen wie Tentakel los und schließen sich um den Hals seines Opfers, das kurz darauf zu Boden sackt.

Versuchst du das Dämonenschwert zu greifen, das am Boden liegt → *433*

Gehst du mit deinem Schlafpulver auf den Dämon los → *141*

Verschanzt du dich hinter den Tischen nach dieser furchterregenden Demonstration des Dämons → *395*

51

»Oh, diese wunderbare Schnitzerei stammt bestimmt aus dem Süden des Landes! Sie wird Bauernleuten gehört haben, die sich wie wir dem Grünen Drachen gewidmet haben. Sie ist wunderschön!«

Lies weiter bei → *318*

52

Du stürmst mit gezücktem Schwert auf den Fackelträger zu, doch zahlreiche Personen aus der Menschenansammlung wollen dies verhindern und hetzen wie auf Kommando ebenfalls los. Noch bevor du den überraschten Fackelträger erreicht hast, wirst du von einer Gruppe aggressiver Männer zu Boden gerissen und umringt, und sofort prasseln Tritte und Hiebe auf dich ein. Zwar verteidigst du dich noch tapfer mit deinem Schwert, doch gegen den zahlenmäßig überlegenen Lynchmob hast du keine Chance. Dies ist dein Ende.
ENDE

53

»Wer redet freiwillig mit dieser widerwärtigen Person? Ich jedenfalls bin nicht aus freien Stücken hier, sondern aus elender Not. Und Ihr, seid Ihr freiwillig hier?« Du bestätigst ihr dies durch ein Nicken.

Lies weiter bei → 188

54

Zwei von ihnen führen dich mühelos durch das Dickicht zum Pfad und zu deinem Pferd zurück. Sie scheinen sich hier auch in der Dunkelheit bestens zurechtzufinden. Dankbar verabschiedest du dich von ihnen.

Weiter geht es bei → 41

55

Die Dunkelkrieger sind tot und du kannst ungehindert die schmale Passage zwischen den beiden Felstürmen durchqueren. Im Nu kommen dir schon in der Dunkelheit zahlreiche Zwerge entgegengerannt, sie haben sicherlich den Kampflärm gehört. Es sind Zwergenkrieger, Zwergenfrauen und Zwergenkinder. »Ihr habt diese fürchterlichen Dunkelkrieger von Kaveca besiegt. Großer Dank gebührt Euch, aber jetzt haben wir ein neues Problem«, meint eine Zwergendame. Man geleitet dich auf einen großen Platz, du bist bereits inmitten des wunderhaften Zwergendorfes. Alle Hütten und die anderen Gebäude sind etwa halb so groß, wie es normalerweise üblich ist. Vor einer Hütte nimmst du auf einer kleinen Sitzbank Platz und bist auch schon von einer Schar Zwerge umringt. Vermutlich hat sich fast das gesamte Dorf um dich versammelt. »Fremder, heute ist etwas Schreckliches passiert! Unser König Gargarod war unterwegs nach Paz, als er und seine Leibwächter von Kavecas Dunkelkriegern überrascht und überfallen wurden. Die zwei Dunkelkrieger, die den Taleingang bewachten, kamen hierher und teilten uns mit, dass Gargarod entführt wurde und seine Leibwächter allesamt tot sind. Gargarod befindet sich in einem Verlies auf Schloss Paz und ist nun Kavecas Gefangener. Kaveca stellt uns vor die Wahl, dass wir uns entweder alle ihr unterwerfen und ihre Sklaven werden, oder Gargarod getötet wird. Wir haben bis morgen in der Frühe Bedenkzeit. Bis dahin dürfe niemand das Dorf verlassen oder betreten. Seitdem haben die beiden Dunkelkrieger dort ihre Wache bezogen. Zwar sind wir in der Überzahl, aber wir wollten das Leben von Gargarod, unserem König, nicht gefährden und haben deshalb nichts unternommen. Wenn Kaveca morgen früh kommt – um Gottes willen, ich möchte gar nicht daran denken«, führt ein Zwerg aus. Du erzählst ihm daraufhin von deinem Auftrag, dem Grund deines Besuches und der Hilfe, die du dir erhofft hattest. Dein Beschluss steht fest, du wirst Gargarod aus diesem schrecklichen Schloss und aus Kavecas Klauen befreien. Die Zwerge können es nicht fassen, dass du dazu den Mut aufbringst, sind aber sehr froh darüber. Jetzt wirst du doch dieses verdammte Schloss betreten und dich dieser bösen Zauberin stellen müssen.

Lies weiter bei → *446*

56

Mutig trittst du in den Kreis, um mit den Wesen zu tanzen. Doch von innen ist nichts mehr so, wie es von außen noch schien. Von allen Seiten wirst du vom Leuchten dieser Geisterwesen angestrahlt, das nun viel greller und bedrohlich wirkt. Die Wesen erkennst du kaum noch, immer schneller tanzen sie um dich herum. Sie lachen und freuen sich diebisch, dich für immer gefangen zu haben. Dieser Tanz, dieses Leuchten um dich herum dauern die ganze Nacht, beides nimmt dir nach und nach den Verstand und deine Lebenskraft. Am nächsten Morgen liegst du tot auf der Lichtung, und die Mondlichtgeister des Nachtschattenforstes werden bereits weiter nach neuen Opfern Ausschau halten in der nächsten Nacht. ENDE

57

»Ihr seid ein echter Ehrenmann, aber ganz ohne Belohnung möchte ich Euch dann doch nicht ziehen lassen. Nehmt das Pergament, es ist ein machtvoller Bannspruch darauf, der Euch von großem Nutzen sein kann.« Vermerke den <u>Bannspruch gegen Dämonen</u> als speziellen Gegenstand auf deinem Abenteuerprotokoll.

Lies weiter bei → 491

58

Nachdem das Gemälde abgestellt wurde, dreht sich die Gestalt um und blickt genau in deine Richtung. Es hat keinen Wert mehr dich vor ihr zu verstecken versuchen, du wurdest von ihr gesehen, falls sie nicht blind ist. Deshalb gehst du nun in die Offensive.

Lies weiter bei → 403

59

Zu sehen ist lediglich ein Quadrat. Was dies mit dem Thronsaal von Kaveca zu tun haben soll, ist dir nicht klar. Trotzdem speicherst du diese Information in deinem Hinterkopf, vielleicht wird sie noch von Bedeutung sein.

Gehst du auf dem Gang nach links → 73

Gehst du dem Gang nach rechts → 134

Betrachtest du das Bild mit dem 'Tal der Zwerge' genauer, falls du es noch nicht getan hast → 156

Oder wenn du es dir noch nicht genauer angesehen hast, betrachtest du das Porträt von Kaveca → *299*

60

Zornig lieferst du dir ein Wortgefecht mit ihnen. Doch beim Glauben hört bei diesen vordergründig so fröhlich und inspiriert auftretenden Troubadouren der Spaß auf. Einer holt aus dem Planwagen eine Hellebarde und stürzt sich auf dich.

Du kannst versuchen, schnell davonzureiten → *230*

Oder du springst aus dem Sattel und stürzt dich mit gezogenem Schwert in den Kampf → *37*

61

Gargarod ist ein wirklich sonderbarer Zeitgenosse. Deine Tonart würde ihn zu sehr anstrengen, meint er, und es kommt zu einem kleinen Streit zwischen euch beiden. Schließlich lässt er sich in einer Sänfte wegbringen.

Lies weiter bei → *239*

62

Erschrocken blickt der Mann auf, als du mit deinem Pferd vor ihm stehst. Er beginnt zu zittern, als stehe der Leibhaftige vor ihm. Du fragst ihn, wer er ist und was ihn zu so später Stunde hier umtreibt. Entsetzt blickt er dich an, bleibt aber stumm.

Hast du die spezielle Eigenschaft Charisma → 377

Wenn nicht → 80

63

Schnell springst du aus dem Sattel und hechtest auf die Tür zu, öffnest sie und stürzt in den dahinterliegenden Raum. Einige Bälle klatschen bereits gegen die zugeschlagene Tür und außer Atem und froh, dieser sonderbaren Attacke entgangen zu sein, wirst du deiner Umgebung gewahr. Bis auf einen Schaukelstuhl in der Ecke des düsteren Raumes ist dieser leer. Erst beim zweiten Hinschauen erkennst du, dass jemand in dem Schaukelstuhl sitzt. Es ist der Greis, der vorher noch weiter oben an der Straße an dem Karren gelehnt hatte. Du erschrickst, wie kommt er hierher, was geht hier überhaupt vor sich?

Versuchst du schnellstmöglich den Raum zu verlassen und zu fliehen → 383

Greifst du zu deinem Schwert, um den Greis zu attackieren → 78

Sprichst du ihn an und fragst, was hier vor sich geht → 488

64

Anfangs unterhältst du dich noch mit deinem Begleiter, der sich als Muro vorstellt, doch dies wird bald zu anstrengend und so stellt ihr euer Gespräch ein. Die Luft wird drückend durch Gas- und Schwefeldämpfe, die Hitze immer größer und der Aufstieg ist sehr beschwerlich. Doch durch die Tinktur wirst du von innen gekühlt und die mittlerweile eigentlich unerträgliche Hitze kann dir nicht mehr so viel anhaben. Außerdem folgst du Muro, der den besten Weg scheinbar kennt und ihn schon öfters beschritten hat. Innerlich bist du froh, nicht alleine diesen Aufstieg in Angriff genommen zu haben. Trotzdem kostet es dich enorme Mühe und wenn du nicht die spezielle Eigenschaft Ausdauer besitzt, musst du dir 5 Punkte von deiner Lebensenergie streichen. Als ihr den Kraterrand schließlich erreicht, verschnauft ihr eine Weile. In der Tiefe wabern gelbgraue Dämpfe und eine enorme Hitze steigt von dort empor. Deshalb brecht ihr auch schnell wieder auf, nachdem ihr beide noch einige Schlucke aus Muros Fellflasche getrunken habt. Auf dem Weg, der am Krater vorbeiführt, kommt euch etwas Seltsames entgegen. Es hat die Kontur eines Menschen, besteht aber aus einer schwefelgelben, siedenden Masse. Heiße gelbe Tropfen fallen dampfend von dieser Kreatur zu Boden, doch sie verliert dadurch nichts von ihrer Masse. Muro fasst dich an der Schulter:»Bleib ganz ruhig stehen, dann wird dir dieser Schwefelgeist nichts anhaben können.« Noch ein paar Schritte und er hat euch erreicht.

Vertraust du Muro und bleibst ruhig stehen → 172

Wird dir das Ganze im wahrsten Sinne des Wortes zu heiß, kannst du …

... dein Schwert zur Verteidigung ziehen → *445*

... gelbes Schlafpulver auf die Gestalt pusten (streiche es danach aus deinem Protokoll) → *149*

... in ein magisches Nebelhorn blasen, wenn du es besitzt (streiche es danach aus deinem Protokoll) → *381*

... davonrennen → *38*

65

Du kämpfst dich mühsam durchs Unterholz zurück. Ohne die Waldbewohner, die sich hier bestens zurechtfinden, ist dies eine mühsame und beschwerliche Angelegenheit. Dafür büßt du 3 Punkte deiner Lebensenergie ein. Als du wieder mit leeren Händen dastehst, sind die Waldmenschen enorm enttäuscht, da man scheinbar große Hoffnungen in dich gesetzt hatte. Der Häuptling macht dir klar, dass du als Gast nicht mehr willkommen bist und woanders schlafen musst. Dir bleibt also nichts anderes übrig, als dich auf eigene Faust zum Pfad durchzukämpfen und dein Pferd zu suchen.

Weiter geht es bei → *444*

66

Der junge Bedienstete holt eine kleine Tafel, auf der gängige Heiltränke und die Preise stehen:

Phiole mit Standardheiltrank (eine Anwendung) – 5 Goldstücke

Phiole mit starkem Heiltrank (eine Anwendung) –
10 Goldstücke

Eigene Entwicklung (eine Anwendung) – 12 Goldstücke (Heiltrank Paz)

Du kannst kaufen, was du möchtest und bezahlen
kannst. Jeder Trank ist ein Rucksackgegenstand.

Wickle deine Geschäfte ab und lies weiter bei → 214

67

Streiche 7 Punkte von deiner Truppenstärke (hattest
du weniger als 7 oder genau 7 Zwergenkrieger, endet
deine Mission an dieser Stelle, da du nun alleine in den
Bergen bist, wie bereits bei Abschnitt 239 zuvor erläutert wurde). Die verbliebenen Zwerge schütteln ihre
Köpfe und können dein Verhalten nicht nachvollzie-
hen. Unter großem Gemurre setzt ihr euren Aufstieg
fort, die Stimmung könnte schlechter kaum sein.

Lies weiter bei → 235

68

Dem Dämon gelingt es, seine Finger mehrmals um deinen Hals zu winden und dir die Luft abzudrücken. Du
taumelst und stürzt zu Boden. Gegen den Tod durch
Ersticken hast du keine Chance mehr und die Bewusst-
losigkeit tritt sehr schnell ein. Dein Abenteuer findet
hier ein grauenvolles Ende. ENDE

69

Du drängst deine Gegner in die Defensive und hast ihnen bereits zahlreiche Verletzungen beigebracht. Da bereits ihre Kumpane als Verstärkung anrücken, nutzt du nach deinem Treffer den Moment zur Flucht.

Lies weiter bei → *282*

70

Das Klopfen will nicht aufhören, wer auch immer da ist, er verleiht seinen Forderungen Nachdruck. Schon nach einer halben Minute wirst du fast wahnsinnig durch das ständige Gepolter und entscheidest dich daher folgendermaßen:

Mit dem Schwert in der Hand öffnest du die Tür → *171*

Riskierst du es, die Haustür unbewaffnet zu öffnen → *115*

Oder du nimmst dein Schwert und fragst durch die geschlossene Tür, wer denn da draußen um Einlass bittet → *325*

71

Müde schläfst du in deinem nicht sonderbar bequemen Nachtquartier ein. Dies ist ein verhängnisvoller Fehler, aber du wirst nicht mehr erfahren, wer oder was dich nachts ermordet hat und was tatsächlich in diesem Dorf vor sich geht. Dein Abenteuer endet hier. ENDE

72

Mit einem Schwerthieb köpfst du einen dieser Pilze. Was du zu sehen bekommst, ekelt dich einfach nur an. Aus dem Stiel kriechen zahllose gelbliche Würmer, die Parasiten haben sich dort eingenistet. Dich hält hier nichts mehr.

Lies weiter bei → 413

73

Nach einigen Schritten befindet sich links eine Tür, bevor der Gang einige Meter weiter nach rechts um die Ecke abbiegt.

Möchtest du versuchen, die Tür zu öffnen → 394

Oder willst du den Gang weitergehen → 127

74

Man begrüßt dich herzlich und führt dich in die Gemächer der Burg. Nach einem ausgiebigen Nachtgelage, zu dem man dich einlädt, bringt man dich auf ein Gästezimmer. Hier kannst du eine geruhsame Nacht verbringen, ehe du dich am nächsten Morgen von den gastfreundlichen Rittern des Roten Drachen verabschiedest. Man gibt dir noch 2 Portionen Proviant mit auf den Weg, die du, wenn du möchtest, in deinem Rucksack verstauen kannst.

Lies weiter bei → 329

75

Die Zwerge reden auf dich ein, dass du keinesfalls hinausgehen sollst. Und Brem packt dich sogar am Ärmel und schaut dich entschlossen an:»Hier ist etwas ganz und gar nicht geheuer. Tut dies nicht!«

Möchtest du auf die anderen hören und die Tür nun schließen → 472

Gehst du trotzdem den Fremden suchen → 326

76

Der Spaten streift deine Schulter. Für die Verletzung, die er dir zufügt, musst du dir 4 Punkte von deiner Lebensenergie abziehen. Der Fremde besteigt indes ein Pferd, mit dem er scheinbar auch gekommen ist, und reitet den Weg in die Richtung davon, aus der du gekommen bist. Schnell machst auch du dich auf deinen Weg. Eine Verfolgung hältst du für sinnlos und unnötig gefährlich.

Lies weiter bei → 272

77

Du drosselst das Tempo von deinem Pferd, das gerade noch vor der Schranke anhalten kann. Als du deinen Schatzbeutel hervorziehst, passiert es. Ein dressierter

Adler über dir krallt ihn sich sofort, landet dann neben dem Wesen, das grässlich zu kichern beginnt und auf den Rücken des Adlers steigt, um davonzufliegen. Das musst du unbedingt verhindern, sonst bist du all deines Goldes beraubt. Wild mit den Armen fuchtelnd rennst du auf den davonfliegenden Adler zu.

Besitzt du die spezielle Eigenschaft Sprungkraft → 370

Ansonsten musst du einmal würfeln:

Das Ergebnis ist 1 bis 3 → 335

Das Ergebnis ist 4 bis 6 → 321

78

Mit gezückter Klinge stürmst du auf den Schaukelstuhl los und stichst zu. Doch dein Schwert streicht nur durch die Luft, im leicht wippenden Stuhl sitzt niemand mehr. Erschrocken blickst du dich um, dann überkommt dich Panik und du willst nur noch raus hier.

Lies weiter bei → 383

79

In diesem Wald wachsen vor allem Fichten, Kiefern und Lärchen. Ein Stück weiter siehst du rechts eine in den Hang gebaute, breite Steintreppe, die in den Wald nach oben führt. Ihr Ende kannst du von hier aus nicht erkennen. Die Stufen sind moosüberwachsen und grünlich.

Reitest du weiter → *427*

Möchtest du den Stufen nach oben folgen → *442*

80

Der alte Mann schüttelt nur den Kopf, bekommt Panik und rennt davon, dabei hastig seinen Karren hinter sich herziehend. Einige Meter weiter bricht er auf dem Weg zusammen. Du versuchst ihm zwar noch zu helfen, doch dieser Mann ist tot.

Jetzt kannst du weiter in Richtung Dorf reiten → 244

Ansonsten kannst du umkehren und aufgrund der fortgeschrittenen Stunde an der Weggabelung direkt in den Nachtschattenforst einbiegen → 39

81

Du drehst den Schlüssel im Schloss und hörst ein Klicken. Bevor du weißt, wie dir geschieht, ist es schon passiert: Unter deinen Füßen klappt der Boden weg, und du stürzt in die Tiefe. Dies ist dein Ende. ENDE

82

Von demjenigen, den du zu sehen geglaubt hast, ist weit und breit keine Spur mehr zu erblicken. Auch sonst siehst du in der Dunkelheit nichts, was auf ein Wesen hindeutet, und bei diesen Lichtverhältnissen ist es unmöglich, nach Spuren von jemandem zu suchen.

Deshalb scheint es dir vernünftig, auf deinem Pferd nach einem Platz zum Schlafen Ausschau zu halten.

Lies weiter bei → 41

83

Mit einem Schwertstreich fegst du die grüne Kappe vom Stiel. Diesem entweicht sofort ein bläuliches Gas, das sich schnell ausbreitet.

Reitest du schnell weiter, bevor du von dem Gas einatmest → 413

Riechst du an dem Gas → 13

84

Du setzt dich auf den Thron. Auf der rechten Armlehne befinden sich zwei Knöpfe, ein grüner und ein gelber.

Drückst du den grünen Knopf → 437

Drückst du den gelben Knopf → 364

Möchtest du Kaveca durch den Spiegel verfolgen → 281

Falls du das Folgende noch nicht getan hast:

Suchst du nach Geheimtüren → 293

Möchtest du die noch nicht geöffneten Vorhänge nun öffnen → 306

Möchtest du den Thronsaal verlassen → 104

85

Blitzschnell ziehst du deine Klinge hervor, um dich gegen die beiden Banditen zur Wehr zu setzen. Du weichst etwas zurück, so dass du beide vor dir hast.

2 Banditen   K15   L46

Gewinnst du die ersten 5 Kampfrunden allesamt → 69

Verlierst du eine der ersten fünf Kampfrunden → 300

86

Problemlos schafft dein Pferd den Sprung über die Schranke. Ein über dir kreisender Adler fällt dir auf. Du bist dir sicher, dass dieses Wesen ihn dressiert hat und auf diese Weise arglose Leute ausgeraubt werden, die gerade ihren Schatzbeutel hervorholen. Der Adler würde ihn sich sicher schnell schnappen und dann mit dem Wesen und dem Beutel davonfliegen.

Lies weiter bei → 390

87

Während deiner Frage haben sie sich drohend genähert. Einer ruft:»Im Namen Kavecas, Ihr werdet jetzt mit Eurem Blut bezahlen!« Mit ihren Waffen greifen sie dich von beiden Seiten an. Du musst dich gegen sie mit deinem Schwert auf dem Pferd sitzend verteidigen.

2 Dunkelkrieger   K18   L39

Gewinnst du diesen Kampf → 55

88

»Nein, bloß das nicht, tut es nicht! Nein!« Flehend rutscht er auf den Knien auf dich zu.

Kommst du seinem Wunsch nach, kannst du dich von ihm verabschieden und den Raum verlassen → 495

Falls du es noch nicht getan hast, kannst du nach Kaveca fragen → 386

Bleibst du beharrlich und willst das neue Gemälde sehen → 164

89

Interessant ist für dich der violett schimmernde Stein. Solche Steine, das weißt du, beinhalten in Salmonien oftmals sehr große magische Kräfte. Jetzt liegt es an dir, deine möglichen Einkäufe abzuwickeln.

Kehre hierzu wieder nach Abschnitt 341 zurück, lies dort weiter im Text und wickle deine Geschäfte ab → 341

90

»Mit einem guten Wein im Munde hätte ich Euch auf-
gemacht. So müsst Ihr jetzt das Rätsel lösen, das ich
jedem stellen soll, der Einlass begehrt:

Es gab einmal ein großes Schloss von einem Zauberer, das hatte sehr, sehr viele Zimmer.

Diese waren alle durchnummeriert, beginnend mit
Zimmer 1, dann 2 und so weiter.

Einmal wollte ein neugieriger Schlossbesucher wissen, wie viele Zimmer denn das Schloss habe.

Da sagte der Zauberer:

>> Zählst du die Nummern der geraden Zimmer zu-
sammen und zählst du die Nummern der ungeraden
Zimmer zusammen, so erhältst du beide Male das
gleiche Ergebnis!<<

Da sagte der kluge Bauernbursche, dass der Zauberer gar kein solches Schloss habe und 0 die richtige Lösung sei.

Doch der Zauberer schüttelte nur den Kopf und
meinte, wenn es keine Zimmer gäbe, so könnten sie ja
nicht gerade zusammen in einem davon sitzen.

Der Zauberer bat den klugen Bauernburschen,
noch einmal gründlich nachzudenken.

So weit die Geschichte vom Zauberer und dem Bauernburschen. Doch wie lautet nun des Rätsels Lösung?«

Lies in dem entsprechenden Abschnitt weiter, dessen Nummer die Lösung des Rätsels ist.

Wenn du es nicht weißt oder der entsprechende Abschnitt keinen Sinn ergibt, lies weiter bei → 183

(Beispiel: Wäre 5 die richtige Lösung, so müsstest du bei Abschnitt 5 weiterlesen. 5 ist aber nicht die richtige Lösung, denn die Summe der geraden Zimmernummern wäre hier 2 + 4 = 6 und die der ungeraden 1 + 3 + 5 = 9, und 6 ≠ 9.)

91

So recht will dir diese Begegnung nicht aus dem Sinn. Du hast das sonderbare Gefühl, dass du diesen Mann nicht zum letzten Mal gesehen hast.

Lies weiter bei → 417

92

Würfle 1-mal:

Bei einem Ergebnis von 1 bis 3 → 185

Bei einem Ergebnis von 4 bis 6 → 257

93

Streiche die <u>Zauberflöte</u> von deinen Besitztümern. »Ich glaube dir, denn ich kann Gedanken lesen, auch die der Waldbewohner. Sie haben Angst vor mir und spinnen ihre Legenden um mich. Ihr Häuptling ist ein böser Mann, er hat sich das alles ausgedacht, nachdem er mich einmal in der Höhle gesehen hat. Auch diese angebliche Zauberflöte ist eine pure Erfindung von ihm. Nichts lässt er aus, um mich vor seinen Stammesmitgliedern als böse, gefährlich und durch und durch schlecht hinzustellen. Dadurch hat er Macht und Kontrolle über sie. Aber ich will niemandem etwas Böses, sondern friste hier meine Existenz. Wenn du willst, kannst du heute Nacht hier schlafen, als mein Gast.«

Wenn dir das Ganze nicht geheuer ist, kannst du zum Lager der Waldmenschen zurückkehren → 65

Oder das Angebot annehmen → 45

94

Vorsichtig öffnest du die Tür, beugst dich vor und schaust in den dahinterliegenden Raum. Da packt dich auch schon eine Pranke, zerrt dich vorwärts und schleudert dich zur Seite. Du stürzt, kannst dich aber mit einem Arm so abstützen, dass du im Sitzen aufkommst. Du siehst dich plötzlich zahlreichen Dunkelkriegern gegenüber. Zwischen zweien tritt Kaveca mit einem diabolischen Grinsen hervor. In einem singenden Tonfall meint sie hämisch:»Ihr seid mir in die Falle gegangen!« Dieser feindlichen Übermacht bist du machtlos ausgeliefert. Kaveca lässt es sich nicht nehmen, selber für deinen Tod zu sorgen. Dein Abenteuer endet hier. ENDE

95

»Nein, Fremder, tut dies nicht, tut dies bloß nicht! Kaveca ist fürchterlich und ich verstehe jeden, der sie beseitigen möchte. Doch tut es nicht. Unser Schicksal hängt an ihr.« Du kannst die Frau, die sich aufzuregen beginnt, kaum noch beruhigen.

Lies weiter bei → *188*

96

Mit einem kurzen Anlauf rennst du auf die Tür zu und rammst diese mit deiner Schulter. Ein stechender Schmerz durchzuckt dich, doch die Tür ist so robust, dass sie diese Einwirkung nicht erschüttern kann. Du jedoch büßt für diesen Versuch 8 Punkte deiner Lebensenergie ein.

Lies weiter bei → *382*

97

Lies weiter bei → *385*

98

Du kommst gut voran und Zwischenfälle gibt es auch keine mehr, während die Sonne immer tiefer sinkt und die Dämmerung hereinbricht. Auf einem Hügelkamm angekommen, klopfst du deinem tapferen und zähen Pferd anerkennend auf die Flanke. Jetzt musst du dir überlegen, wo du ein Nachtquartier aufschlägst. Du ziehst dafür deine Karte zu Rate. Wenn du den Hügel hinuntergeritten bist, befindet sich linker Hand des Pfades ein kleiner Waldstreifen. Du erkennst, dass hinter dem Waldrand bereits zwei Lagerfeuer brennen und andere durch die Lande Streifende bereits ihre Nachtlager aufgeschlagen haben. Hinter diesem Waldstreifen stößt der Pfad auf eine Weggabelung. Geradeaus liegt der Nachtschattenforst, ein unheimlicher Wald, um den sich Geschichten und Legenden ranken. Nach links zweigt ein Weg zu einem kleinen Ort ab, der mit Kreuzen auf deiner Karte markiert ist. Wie du weißt, liegt dort ein großer Friedhof, zu dem Menschen jeglicher religiöser Ausrichtung aus den Ortschaften des weiteren Umkreises gebracht werden. Nach rechts zweigt der Weg zu einem bewaldeten Berg ab, auf dem die Burg des Roten Drachen steht.

Besitzt du die Eigenschaft Wissen, lies sofort weiter bei → 406

Ansonsten kannst du dich dem ersten Lagerfeuer nähern → 198

Oder dem zweiten Lagerfeuer, das einige hundert Meter den Weg weiter zu erkennen ist → 375

Reitest du in Richtung des Dorfes mit dem großen Friedhof → 489

Möchtest du zur Burg des Roten Drachen, um dort um Quartier zu bitten → *453*

Traust du dich, in den Nachtschattenforst zu reiten, um dort zu schlafen → *39*

99

Nach einer guten Stunde lasst ihr den bewaldeten Bereich hinter euch. Ihr steht jetzt auf einer felsigen, mit einigen Büschen bewachsenen Hochebene. Der Sturm pfeift hier ordentlich über das Hochplateau. Doch am beeindruckendsten ist die riesige Schlucht, die diesen Höhenzug in zwei Teile zerschneidet. Hunderte Meter tief und zweihundert Meter weit reicht dieser gähnende Abgrund. Auf der anderen Seite des Abgrunds beginnt Lazedon, wie du weißt. An mächtigen, tief im Boden des Hochplateaus verankerten Pfählen ist eine Hängebrücke befestigt, der einzige Weg über die tödlichen Tiefen! Auch wenn es zu beiden Seiten der Brücke so etwas wie einen hölzernen Handlauf, ein notdürftiges Geländer mit nur wenigen sichernden Senkrechtstäben gibt, der Weg über diese Hängebrücke ist lebensgefährlich. Im Sturm schwankt die Brücke bedrohlich. Ihr alle zusammen darübergehen, das möchtest du auf gar keinen Fall riskieren, wer weiß schon, wie viel Gewicht diese Hängebrücke tragen kann? Selbst dir ist das alles nicht geheuer, aber vor deinen Mannen möchtest du keine Schwäche zeigen und deshalb verkündest du deine Entscheidung.

Willst du als Erster die große Hängebrücke überqueren → *476*

Möchtest du zwischen den anderen die Hängebrücke überqueren (das geht nur, wenn du mindestens noch zwei Gefährten hast, also deine Truppenstärke gleich oder größer 2 ist) → 23

Möchtest du als Letzter die Hängebrücke überqueren
→ 462

100

Entschlossen schlägst du nach dem Schatten, der sich auf der Felswand befindet. Du hörst, wie deine Klinge über das Gestein schleift. Der Schatten befindet sich jetzt auf einmal einige Meter weiter an der Wand. So kommst du sicher nicht weiter. Zu allem Übel hat deine Klinge aufgrund der Aktion an Schärfe verloren. Das heißt, du büßt 1 Punkt deiner Kampfkraft ein. Was machst du nun?

Schnell die Flucht ergreifen und zum Zeltlager zurückkehren → 65

Auf der Flöte spielen, die man dir mitgegeben hat → 304

Abwarten, was passiert → 240

101

Die Männer sind aus dem Nordwesten Salmoniens und sie erzählen dir, dass sie aus Renko kommen und momentan durch die Lande streifen, um als Handwerker Arbeit zu suchen. Ihr nächstes Ziel sei Salmstadt.

Auch dir bietet man ein Stück Fleisch an, das du dankbar annimmst und verzehrst. Schließlich kommt man auch auf dich zu sprechen und alle vier schauen dich erwartungsvoll an. Was aber willst du ihnen erzählen?

Dass du ein Abenteurer bist, der ein neues Abenteuer sucht → 216

Dass du auf dem Heimweg von einem Abenteuer bist → 226

Dass du ein Kaufmann bist, der durch die Lande zieht, um Waren aufzukaufen und zu verkaufen → 362

Die Wahrheit →372

Ziehst du es vor, zu schweigen → 28

102

Brem öffnet euch, als ihr seine Hütte erreicht. Er ist ein alter Mann, der in Schafsfelle gehüllt ist und eine lange Pfeife im Mund hat. Die Zwerge freuen sich, ihn nach Jahren wiederzusehen, man hat sich viel zu erzählen. Brem beheizt den Kamin und ihr schlagt allesamt in der gemütlichen Stube euer Nachtlager auf. Einige versorgen noch notdürftig ihre Verwundungen, aber ernsthaft verletzt ist niemand. Auch du fällst in einen tiefen Schlaf, aus dem du jäh herausgerissen wirst, als jemand an die Tür der Hütte klopft. Auch einige Zwerge und Brem sind davon wachgeworden. Im Kerzenlicht stehst du mit einigen deiner Mitstreiter und dem Hausherrn vor der verriegelten Tür, da poltert es noch einmal. Ihr beratschlagt leise, was zu tun ist.

Brem schüttelt sich und bekommt es mit der Angst zu tun, und auch den mutigen Zwergenkriegern ist das Ganze nicht geheuer. Man vertraut aber deiner Entscheidung.

Möchtest du aufmachen → 373

Beschließt du, nicht zu öffnen → 472

103

Der Wirt blickt dich prüfend an und meint schließlich:
»Ihr seht wahrlich aus wie ein echter Held und mit Forjan könnt Ihr es sicher aufnehmen.« Da er hier das Sagen hat, unterbreitet er diesen Vorschlag schließlich der Menge, die jedoch dagegen murrt. Schließlich schlägt sie dem Wirt vor, dass du mit Forjan um das Schwert kämpfen könntest, der Stärkere soll es bekommen. Forjan, ein rücksichtslos dreinblickender junger Mann, stimmt dem zu. Nun gibt der Wirt den Ball an dich weiter.

Gehst du auf das Angebot der Leute ein, dich mit Forjan im Kampf zu messen → 260

Lehnst du das Angebot ab → 322

104

Die Tür ist tatsächlich durch Kavecas Zauber verschlossen worden, der Rückweg dadurch versperrt.

Möchtest du Kaveca durch den Spiegel verfolgen → 281

Falls du das Folgende noch nicht getan hast:

Untersuchst du den Thron → 84

Suchst du nach Geheimtüren → 293

*Möchtest du die noch nicht geöffneten Vorhänge nun
öffnen* → 306

105

Tatsächlich machst du wieder die Augen auf. Sie brennen noch von dem gelben Pulver. Völlig erschöpft sitzt du an deinem Esstisch, der Ritter des Königs dir direkt gegenüber. »Iss!«, meint er versöhnlich und drückt dir einen Löffel und ein Messer in die Hand. Dein Kopf pocht, du fühlst dich wie nach einem harten Kampf endlos gerädert. Inbrünstig überzeugt dich der Ritter davon, dass er dir nichts Böses will und dass er dich während deines durch das Narkotikum herbeigeführten Schlafes leicht hätte aus dem Weg räumen können. Stattdessen habe er dich aber in deine Behausung geschleift. Das überzeugt dich. Nun willst du endlich wissen, was er überhaupt von dir will.

Lies weiter bei → 165

106

Tagsüber wirkt der Forst erstaunlich friedlich auf dich. Nach einer guten Stunde hast du ihn mit deinem Pferd hinter dir gelassen.

Lies weiter bei → 222

107

Mit seiner schweren Streitaxt schafft es ein Zwerg problemlos, die Tür zu öffnen. Doch die Hütte ist leer. Die Asche im Kamin ist noch warm und ein Teller mit zubereitetem Essen steht noch auf dem Holztisch. Doch vom Bewohner keine Spur. Aufgrund der Umstände drängen dich die Zwerge nun, die Gegend abzusuchen. Sie machen sich ernsthafte Sorgen um ihren alten Freund Brem.

Lies weiter bei → *420*

108

Zu deiner großen Überraschung wirst du vom Schatten angesprochen. »Was willst du hier?«, vernimmst du seine Worte, die einen sonderbaren, sehr dunklen Tonfall haben.

Nimmst du die Flöte und spielst auf ihr → *304*

Forderst du den Nachtschatten auf, die Pfeife herauszugeben, die er den Waldbewohnern gestohlen hat → *240*

Forderst du den Nachtschatten auf, die Waldbewohner in Ruhe zu lassen und zu verschwinden → *259*

Sagst du ihm, dass du als Freund gekommen bist → *278*

109

»Habt großen Dank, Reisender«, sind seine Worte, die er an dich richtet, während er sich vor dir verneigt und seinen löchrigen Hut zieht. »Forg wird sich als dankbar erweisen, wenn die Zeit gekommen ist!« Mit diesen Worten verabschiedet er sich von dir und du wünscht auch ihm eine gute Reise, wohin auch immer es ihn ziehen möge.

Mit einem guten Gefühl setzt du deinen Weg fort.
→ *344*

110

Beim Sprung ins Freie trifft dich einer dieser verdammten Strahlen an der Wade. Ein enorm heißer Schmerz durchzuckt dein Bein und du bleibst erst einmal verletzt vor der Hütte liegen. Aufgrund dieser Verletzung büßt du 17 Punkte deiner Lebensenergie und 1 Punkt deiner Kampfkraft ein. Geschwächt schleppst du dich zu deinem Pferd.

Lies weiter bei → *491*

111

Dich hält hier nichts mehr, schleunigst verlässt du den Tempel und steigst die Treppenstufen wieder hinab.

Lies weiter bei → *427*

112

Ein Ritter namens Schwarzbart III. nimmt dich unter seine Fittiche und zeigt dir besondere Kniffe und Finten, die dir im Kampf hilfreich sein könnten. Er meint, dass du im Grunde schon ein bärenstarker, unerschrockener Krieger seist, er aber das letzte Quäntchen aus dir herauskitzeln wolle. Deine Kampfkraft erhöht sich nach diesem Training um 1 Punkt. Du dankst deinem Lehrmeister und ziehst dich in dein Schlafgemach zurück.

Lies weiter bei → *408*

113

Der junge Bedienstete berät sich mit einem älteren Apotheker und bietet dir zwei Phiolen an. Eine enthält ein Schlafmittel und kostet 5 Goldstücke. Eine andere enthält ein Elixir, durch dessen Wirkung man gut und ungestört durchschlafen kann. Auch das Durchschlafmittel kostet dich 5 Goldstücke. Beide Elixire können 1-mal angewandt werden und zählen als Rucksackgegenstand. Wickle deine möglichen Einkäufe ab. Danach musst du den Laden verlassen, da er schließt.

Lies weiter bei → *492*

114

Dein Pferd lässt du auf dem Weg stehen, während du dich über die Wiese der Hütte näherst. Du bückst dich etwas, um die Tür zu öffnen, und blickst in einen winzigen Raum. Außer einer Schlafkoje entdeckst du nicht viel außer Unrat, der auf dem Boden verstreut liegt. Da du dich müde und ausgelaugt fühlst, ist die Verlockung da, dich in die Koje zu legen und ein kleines Nickerchen zu halten.

Willst du deinem Bedürfnis nachkommen und etwas schlafen → 290

Verlässt du die Hütte lieber und setzt deinen Weg fort → 272

115

Lies weiter bei → 171

116

Vor euch geht es bergab in eine andere Schlucht, die in ein mit den Zwergen verfeindetes Tal führt. Aus dieser kommen Talbewohner anmarschiert und greifen euch an. Einer von ihnen stürmt mit seinem Kampfstab auf dich zu. Würfle zuerst den Truppenkampf aus, danach musst du im Einzelduell gegen deinen Gegner kämpfen.

Talbewohner T16

Talbewohner K12 L28

Wenn deine Truppe gegen die Talbewohner gewinnt und du deinen Gegner besiegst → 11

117

Du weißt, dass der Vulkan noch aktiv ist und dass es sehr gefährlich ist, ihn zu überqueren. Dass er gerade in jenem Moment ausbrechen wird, in welchem du ihn erklimmst, ist zwar äußerst unwahrscheinlich, jedoch weißt du von gefährlichen Dämpfen und unheiliger Magie, die es dort gibt. Man sollte den Vulkan niemals alleine überqueren, sondern nur mithilfe eines speziellen, fachkundigen Führers. Der Boden um den Vulkan herum, auf dem dieser exotische Wald wächst, ist das Ergebnis einer Mischung des bereits vorhandenen Erdreichs mit Magmatiten, die sich dort nach lange zurückliegenden Ausbrüchen angereichert haben. Durch die Magie, die in diesem Vulkan seit Urzeiten schlummert, bringt die Fauna auf diesem Untergrund die sonderbarsten und verschiedensten Gewächse hervor. Zu dem anderen Weg, der um den Vulkan einen Bogen macht und durch eine Schlucht und ein Dorf in deren Mitte führt, ist dir nichts bekannt. Zweifellos ist dies der längere, aber sicherlich auch ungefährlichere und unbeschwerlichere Weg. Die Entscheidung, welchen Weg du einschlagen willst, kannst du aufgrund deines Wissens und deiner Intuition treffen.

Nimmst du den gefährlichen Weg über den Vulkan → 136

Gehst du dieses Risiko aufgrund deines Wissens lieber nicht ein und nimmst den Umweg in Kauf → 277

118

Mit einem akrobatischen Sprung fliegst du quasi durch die Tür ins Freie. Gottseidank hat dich dabei keiner der gefährlichen Maskenstrahlen getroffen. Bei deinem Pferd angelangt, wird dir erst bewusst, in was für eine Gefahr du dich begeben hattest. War es vielleicht das Haus der Frau, die auf dem Scheiterhaufen verbrannt wurde? Will sie sich jetzt dafür rächen und jeden Eindringling in ihre Behausung töten?

Lies weiter bei → 491

119

Waren es bis zu 5 Goldstücke → 267

Waren es 6 oder mehr Goldstücke → 318

120

Der Raum, den du betrittst, ist marmorgefließt. Eine Treppe führt in ein mit Wasser gefülltes Becken, das bis zur hinteren Wand reicht und die gesamte Breite des Raumes einnimmt. Der Grund dieses Beckens ist mit Mosaikbildern durchsetzt. Ansonsten gibt es hier nichts.

Jetzt kannst du entweder wieder gehen und den weiteren Flur erforschen → 286

Oder in das Wasserbecken waten → 349

121

Du springst mit gespreizten Beinen über einige Zwerge vor dir, indem du dich auf ihren Schultern abstützt. Währenddessen rollt die Felskugel donnernd hinter euch her und erwischt die hintersten Zwerge einen nach dem anderen. Du bist bereits im hinteren Mittelfeld der Gruppe, während die Kugel nach und nach an den Felswänden zerschellt und schließlich nur noch ein paar Brocken von ihr umherfliegen. Natürlich versucht ihr sofort euren Gefährten zu helfen, doch 15 tapfere Zwerge müssen ihr Leben lassen. Streiche sie von deiner Truppenstärke. Geschockt setzt ihr euren Weg fort.

Lies weiter bei → *11*

122

Dir kommt es vor, als ob sich der Boden unter deinen Füßen wegzieht, denn du weißt, was es mit diesem Menschen und dem Anhänger auf sich hat. Es gibt in Salmonien den Verfluchten Berg. Auf ihm soll ein unheimlicher Dämon für Angst und Schrecken sorgen, der den Beschreibungen nach dem Wesen auf dem Anhänger ähnelt. Menschen, die diesen Berg betreten haben, kamen völlig verstört und dem Wahnsinn nahe zurück und hatten ausnahmslos diesen Anhänger um den Hals. Sie wurden verflucht. Mit diesem Anhänger hat der Dämon Gewalt und Macht über diese armen Kreaturen. Wenn diese Menschen einen anderen Menschen treffen und der Anhänger erwärmt sich und leuchtet auf, so haben sie 7 Tage Zeit, diesen Menschen zu ermorden – andernfalls wird sich der Fluch erfüllen und der Anhänger wird sie erwürgen. Ablegen können sie ihn nicht. Von nun an wirst du also von diesem Mann verfolgt werden und er wird nicht eher ruhen, bis er dich ermordet hat, um seinen eigenen grauenvollen Tod abzuwehren. Dir läuft es eiskalt den Rücken hinunter, denn von nun an bist du der Gejagte.

Lies weiter bei → 417

123

Bei der Durchsuchung einer leerstehenden Hütte fällt dir ein morscher Deckenbalken auf den Fuß. Dafür büßt du 3 Punkte deiner Lebensenergie ein. Nach diesem erfolglosen Zwischenstopp setzt du deinen Ritt mit Schmerzen fort.

Lies weiter bei → 98

124

Sobald du die ersten Häuser erreicht hast, siehst du auch einige Menschen. Sie blicken dich misstrauisch an, manche machen auch Handbewegungen, die dir signalisieren, dass sie dich verscheuchen möchten oder du verschwinden sollst. Du bist davon so abgelenkt, dass du fast gar nicht bemerkt hättest, was auf der Straße vor dir ist. Ein großer roter Kreis ist auf das Pflaster mit einer kreidestaubartigen Substanz gezogen worden und du läufst direkt in diesen Kreis hinein, wenn du nicht dein Pferd umlenkst und einen Bogen darum machst.

Reitest du durch den roten Kreis durch → 253

Machst du einen Bogen um den Kreis → 25

125

Blitzschnell pustest du den beiden Männern das Pulver entgegen, sie können gar nicht mehr reagieren, da sie bereits schlafend zu Boden sacken. Du jedoch packst deine Sachen zusammen, nimmst dein Pferd und machst dich auf die Suche nach einem anderen Schlafquartier. Streiche das Pulver von deinen speziellen Gegenständen.

Wenn du noch nicht dort gewesen bist, kannst du zum ersten Lagerfeuer reiten → 198

Ins Dorf mit dem großen Friedhof reiten → 489

Zur Burg des Roten Drachen → 453

Oder in den Nachtschattenforst → 39

126

Du erzählst Muro von deiner Begegnung mit dem Höhlenbewohner und dem Kampf. Dieser drängt dich zum Abstieg auf der anderen Seite. Schließlich sei man hier auf einem Vulkan und nicht in einer gemütlichen Bierstube.

Lies weiter bei → 159

127

Nach dem Knick steuerst du direkt auf eine weitere Rechtsbiegung einige Meter weiter im Flur zu. An dieser Biegung ist eine Tür, auf die du geradewegs zuläufst.

Möchtest du diese öffnen → 120

Oder um die nächste Biegung auf dem Flur gehen → 286

128

Nach zehn Minuten siehst du, dass ein von weiter oben herabführender Weg mit deinem zusammenläuft. Wahrscheinlich ist dies der andere Weg, den du hättest einschlagen können.

Lies weiter bei → 319

129

Das mit den Früchten ist dir nicht geheuer, deshalb ziehst du ihnen deinen eigenen Proviant vor, um keine Vergiftung zu riskieren. Streiche eine Portion Proviant von deinen Rucksackgegenständen. Satt setzt du deine Mission fort.

Lies weiter bei → 328

130

Vorsichtig näherst du dich zu Fuß dieser Hütte. Als du sie erreichst, steht die Tür einladend offen. Du blickst in den Raum und trittst vorsichtig ein. Bis auf einen Tisch in der Mitte des Raumes gibt es kein Mobiliar. Dafür hängen an sämtlichen Wänden Masken, grässliche holzgeschnitzte Masken – Fratzen von Teufeln und Hexen, teilweise dezent bemalt. Dir schaudert es und im Nu beginnen auch schon die Masken an den Wänden zu wackeln.

Ergreifst du schnell die Flucht und rennst zu deinem Pferd → 491

Wartest du ab, was weiter passiert → 162

131

Der Anhänger leuchtet wieder in diesem pulsierenden Rot. Der Mann, der wie ein Gespenst wirkt, stützt sich auf seine Schaufel und spricht dich an:»Weißt du eigentlich, was ich hier mache? Ich schaufele ein Grab. Dein Grab!« Mit einem Mal wird dir eiskalt zumute. Diesen Moment nutzt er, packt die Schaufel und schleudert sie in deine Richtung mit einem langgezogenen, röhrenden »Stiiiiiiiirrrrrrrrrbbbbbb!«. Während die Schaufel auf deinen Kopf zufliegt, rennt der Fremde mit wehendem Umhang über die Wiese davon. Wird dich das Geschoss treffen? Würfle 1-mal. Wenn du über die spezielle Eigenschaft Sprungkraft verfügst, addiere 2 zu dem Ergebnis hinzu.

Lautet das Ergebnis 1 → 225

Lautet es 2, 3 oder 4 → 76

Lautet es 5, 6, 7 oder 8 → 387

132

Zunächst hastet er die Stufen hinab, doch dann dreht er sich blitzschnell zu dir um, fasst in die Innentasche seines Rocks und zieht ein hölzernes Röhrchen hervor. Durch dieses pustet er dir, noch bevor du ihn erreichst, ein gelbliches Pulver entgegen. Du siehst augenblicklich gar nichts mehr, taumelst und kannst dich gerade noch an der Felswand abstützen und so einen Treppensturz verhindern. Dann wird dir auch schon schwarz vor Augen.

Ob du noch einmal deine Augen öffnen wirst oder ob dein Abenteuer hier schon endet, bevor es eigentlich begonnen hat, erfährst du bei → 105

133

Du umrundest das Gemäuer, doch hinten gibt es keine Öffnungen. Wieder vorne angelangt, entschließt du dich ...

... zu deinem Pferd zurückzukehren → 427

... das tempelartige Gebäude zu betreten → 376

134

Bevor der Gang eine Linkskurve beschreibt, ist in der rechten Wand eine Tür.

Öffnest du die Tür → 314

135

Auch du stürmst in den Schankraum, um die Verfolgung aufzunehmen. Darauf hatte der Fremde offenbar spekuliert. Er hat sich bei der Tür versteckt und packt dich jetzt so, dass du ordentlich Schwung bekommst. Du wirst mit enormer Wucht nach vorne geschleudert und krachst schließlich bäuchlings auf einen Tisch, mit dem du noch ein paar Meter über den Boden rutscht. Die Leute, die dort sitzen, schreien entsetzt auf. Für diese kleine unfreiwillige Flugeinlage büßt du 2 Punkte deiner Lebensenergie ein, verlierst aber vor allem Zeit. Der Fremde flüchtet aus der Gaststätte und als du wieder auf der Straße stehst, ist weit und breit nichts mehr von ihm zu sehen.

Lies weiter bei → 466

136

Du steigst von deinem Pferd ab, denn diesen Weg kannst du nur zu Fuß bestreiten. Alsbald erreichst du den exotischen Wald, der an einen Dschungel erinnert, was die drückende Luft und die Hitze betrifft, aber auch gleichzeitig an ein sonderbares, bunt schillerndes Kuriositätenkabinett. Mühsam bahnst du dir einen Weg, indem du mithilfe deines Schwertes Teile von Bäumen und anderen Pflanzen abschneidest. Dieses Bahnen erfordert einiges an Ausdauer und wenn du diese spezielle Eigenschaft nicht hast, so musst du dir 5 Punkte von deiner Lebensenergie abziehen. Als du auf einer Lichtung angelangt bist, siehst du vor dir drei Quellen, die aus dem an dieser Stelle magmatithaltigen Boden sprudeln und in kleinen Tümpeln enden. Durch die Hitze und die Anstrengungen hast du einen tierischen Durst und kannst kaum widerstehen, dich über eine Quelle zu beugen und erfrischendes Wasser zu trinken. Doch kannst du es riskieren, dieses Wasser zu trinken, das vermutlich aus dem Vulkanberg stammt? Und wenn ja, aus welcher Quelle willst du trinken?

Trinkst du aus der linken Quelle → 398

Trinkst du aus der mittleren Quelle → 168

Stillst du deinen Durst mit dem Wasser aus der rechten Quelle → 429

Gehst du dieses Risiko nicht ein, sondern reißt dich trotz deines unerträglichen Durstes zusammen, um dir deinen Weg aus dem Wald heraus zum Vulkan zu bahnen → 5

137

Du läufst mit deinem Pferd die Straße entlang, immer Ausschau haltend nach einer Übernachtungsmöglichkeit. Fensterläden werden heruntergeklappt, Menschen rennen über die Straße in Richtung des 'Gefüllten Kruges'. Nach einigen hundert Metern erreichst du auch schon das andere Ortsende und machst wieder kehrt. Außer dem 'Gefüllten Krug' findest du keine weitere Übernachtungsmöglichkeit mehr. Lediglich unter der Holztreppe an einem Haus könntest du etwas geschützt gelegen dein Nachtquartier aufschlagen, aber willst du das echt?

Kehrst du um und begibst dich doch noch zum 'Gefüllten Krug' → *371*

Machst du es dir unter der Treppe 'gemütlich' → *71*

138

»Narr, Ihr solltet schweigen in diesem Gewölbe, hat man Euch das nicht erklärt? Nun kann ich nichts mehr sehen für Euch«, wirst du in pampigem Ton angeherrscht. Du ziehst es vor, schleunigst dieses Gewölbe zu verlassen und dein Schlafgemach aufzusuchen.

Lies weiter bei → *408*

139

Mit aller Kraft kannst du dich am Handlauf festhalten, bis sich die Lage wieder etwas beruhigt hat und die Brücke in ihre ursprüngliche Ausrichtung gleitet. Zwar schwankt sie immer noch im Sturm, aber weitere so starke Böen kommen nicht mehr auf. Mühsam schaffst du es auf die andere Seite. Würfle nun für jeden deiner Zwergenkrieger 1-mal (zur Erinnerung: deine Truppenstärke entspricht der Anzahl der Zwergenkrieger). Für diese ist es schwierig, die schwankende Brücke zu überschreiten, da der Handlauf nach Menschenmaßen angelegt ist. Mit etwas Pech verlieren sie das Gleichgewicht und stürzen zwischen den Bodenbrettern und dem Handlauf hindurch in den tödlichen Abgrund. Bei jeder gewürfelten 6 stürzt einer der Zwerge ab, du musst dann 1 Punkt deiner Truppenstärke streichen.

Ist deine Truppenstärke danach noch größer als 4→ 232

Beträgt sie nach der Brückenüberquerung 4 oder weniger → 32

140

Noch einmal donnert die Frage zu dir hinab. Du kommst dir albern dabei vor, einfach gar nicht zu antworten, überwindest deine Furcht und erklärst dein Anliegen.

Weiter geht es bei → 4

141

Weder normale Klingen noch das gelbe Schlafpulver sind imstande, dem Dämon etwas anhaben zu können. Nach deinem erfolglosen Angriff lacht dieser widerlich und kommt langsam auf dich zu. Wie zuvor schon bei Forjan, schießen aus seiner Hand wieder tentakelartige Finger auf dich zu, die sich mehrmals um deinen Hals winden. Der Dämon von Melihr erwürgt dich auf grausame Weise, dein Abenteuer endet hier. ENDE

142

Du forcierst durch dein Gebrüll das Tempo. Dies wirkt, der Trupp bewegt sich jetzt zügiger voran. Doch das geht zu Lasten der Sicherheit. Drei Zwergenkrieger rutschen ab und stürzen in den Tod. Streiche 3 Punkte von deiner Truppenstärke. Entscheidend schneller seid ihr dadurch auch nicht vorangekommen.

Lies weiter bei → 369

143

Kopfschüttelnd schaut dich der König an, seine Augen scheinen traurig zu blicken. »Weshalb misstraut Ihr denn Sal'Jil?« Eine konkrete Antwort kannst du darauf nicht geben, vielmehr redest du davon, dass es eher ein Gefühl in dir sei. »Ich bin wirklich etwas enttäuscht, denn ich setzte all meine Hoffnungen in Euch, dass Ihr unser Land vor dem Untergang bewahren werdet. Und Ihr misstraut einem meiner besten Ritter, Sal'Jil, dem ich wiederum vollstes Vertrauen schenke. Passt auf Euch auf und lernt, den Richtigen zu vertrauen. Und dort zu misstrauen, wo es angebracht ist.« Der König wünscht dir noch eine geruhsame Nacht, bevor er dich persönlich in dein hergerichtetes Schlafgemach geleitet.

Lies weiter bei → 408

144

Du besinnst dich eine Weile und betest zum Grünen Drachen, er möge dich auf deiner Mission unterstützen. Dann verlässt du den Schrein wieder, um zu deinem Pferd zurückzukehren und deine Reise fortzusetzen.

Lies weiter bei → 98

145

Du wartest eine Viertelstunde lang ab, doch der Seher sitzt dir schweigend gegenüber. Du merkst, wie du zunehmend müder wirst.

Ziehst du dich zurück und gehst zu deinem Schlafgemach → 408

Fragst du den Seher vorsichtig, ob er noch etwas für dich sieht → 138

Wartest du weiter ab → 431

146

Du nimmst die <u>Zauberflöte</u> entgegen und gibst dein Ja. Man erklärt dir, dass der Nachtschatten eine Holzpfeife aus dem Lager gestohlen hat und du diese zurückbringen sollst als Beweis dafür, dass du den Nachtschatten besiegt hast. Die Waldmenschen umringen dich und jauchzen vor Begeisterung. Zwei von ihnen werden vom Häuptling bestimmt, dich zu der genannten Höhle zu bringen. Im flackernden Fackellicht führen dich die mit Speeren bewaffneten Waldbewohner durchs Unterholz tiefer in den Forst hinein. Mit ihren Speeren schaffen sie das Dickicht zur Seite. Ihr sprecht nicht während dieses Marsches und du stellst dich innerlich auf das ein, was dich in der Höhle erwarten mag. Im Schein der Fackel siehst du eine Öffnung, die in Felsen hineinführt, dies muss die Höhle des Nachtschattens sein. Wie zur Bestätigung drückt dir einer der Waldbewohner seine Fackel in die Hand, um daraufhin mit dem anderen schnell kehrtzumachen und zum Lager zurückzukehren. Sie haben wohl wirklich Angst vor dem, was in der Höhle haust.

Bekommst auch du Angst und kehrst lieber zum Lager der Waldbewohner zurück → *65*

Gehst du mutig in die Höhlenöffnung hinein → *435*

147

Streiche den Wein von deiner Ausrüstung. »Erhabenen Dank, das war ein köstlicher Genuss. Tretet ein!« Mit diesen Worten tut sich das Schlosstor vor dir auf und du kannst eintreten.

Lies weiter bei → *441*

148

Die meuternden Zwerge tuscheln und schließlich tritt einer mit gezogenem Schwert vor und fordert dich zum Duell heraus. »Gochrum wird kämpfen! Ich wollte, es hätte sich friedlich regeln lassen, aber nun bin ich bereit zu kämpfen.« Du bestreitest mit Gochrum ein Duell auf Leben und Tod. Die anderen Zwerge stehen beiseite und schauen sich als Unbeteiligte den Kampf an.

Gochrum   K12   L19

Gewinnst du dieses Duell → *166*

149

Du bläst in das Röhrchen und das gelbe Pulver trifft auch den Schwefelgeist. Doch nichts geschieht. Ein Schwefeldämon kennt nämlich keinen Schlaf und deshalb bleibt die Wirkung des Pulvers hier aus.

Lies weiter bei → *172*

150

Das wird mit Wut und Schimpfkanonaden von ihnen bedacht. Ihre lyrische Ausdrucksweise weicht jetzt übelster Gossensprache. So etwas habe noch niemand zu ihnen gesagt und überhaupt ... Einer holt sogar aus dem Planwagen eine Hellebarde und kommt damit drohend auf dich zu.

Versuchst du, schnell davonzureiten → *230*

Oder springst du aus dem Sattel und stürzt dich mit gezogenem Schwert in den Kampf → *37*

151

Willst du Sal'Jil fragen, ob du etwas von diesem Schlaf-
pulver für deine Mission haben kannst → 223

Oder du tust dies nicht → 342

152

Sal'Jil ist überhaupt nicht davon zu überzeugen, sich diesem Waldstück zu nähern, über dem die Vögel krei-sen. Er ist nicht bereit, mit dir über die Wiese zu gehen, und beharrt darauf, schleunigst weiterzumarschieren. Wenn du es unbedingt tun möchtest, musst du alleine zum Waldrand gehen, Sal'Jil wartet dann auf dem Weg auf dich.

Lässt du Sal'Jil warten, um alleine deine Neugierde zu
befriedigen → 157

Lässt du dich umstimmen und setzt mit Sal'Jil eure Mis-
sion fort → 186

Möchtest du wenigstens noch die Hütten durchsuchen
→ 313

153

Lies weiter bei → 176

154

Würfle 1-mal:

Ist das Ergebnis 1 oder 2 → 17

Ist es 3 oder 4 → 308

Ist es 5 oder 6 → 392

155

An einem Waldrand entdeckst du einen Schrein, den du in der Dämmerung fast übersehen hättest.

Du hast die Möglichkeit, dich diesem kleinen Gebäude zu nähern → 463

Oder du kannst deine Mission unverzüglich fortsetzen → 98

156

Das Bild zeigt den Eingang zum Tal der Zwerge. Zwischen zwei großen Felsen führt ein schmaler Durchgang hindurch. Es ist eine recht sachliche Darstellung des Ortes, auf dem auch ein paar Zwerge abgebildet sind. Neue Erkenntnisse kannst du daraus nicht gewinnen.

Gehst du den Gang nach links → 73

Gehst du den Gang nach rechts → 134

Falls du es noch nicht getan hast, betrachtest du das Porträt von Kaveca → 299

Oder betrachtest du das abstrakte Gemälde, falls du das noch nicht getan hast → 59

157

Sal'Jil wirft dir einen ärgerlichen und ungeduldigen Blick nach, als du über die Wiese läufst. Schon nach einigen Metern erkennst du, dass die Vögel über einer bestimmten Stelle am Waldrand kreisen und dort auch auf dem Boden landen. Du näherst dich diesem Flecken zügig und erkennst eindeutig diese widerlichen Leichenvögel! Sie sind komplett schwarz und über zwei Meter lang, ihre Schnäbel sind schwarz und spitz. Die Augen liegen wie Tollkirschen in ihren Höhlen. Ihre Ernährung ist verwesendes Aas, von Tieren, anderen Kreaturen und Menschen. Du erschrickst, als du erkennst, dass es sich in diesem Fall um einen Menschen handelt, der tot auf dem Boden am Waldrand liegt und dem sich diese widerlichen Kreaturen widmen. Doch es ist schon zu spät zum Helfen. Normalerweise sind Leichenvögel nicht an lebenden Menschen interessiert, doch sie befürchten wohl, dass du ihnen ihr Essen streitig machen willst. Zwei von ihnen fliegen im Sturzflug auf dich zu, um dich anzugreifen. Sie breiten ihre Schwingen aus und du musst dich gegen diese beiden Bestien verteidigen!

2 Leichenvögel K14 L29

Gewinnst du diesen Kampf auf Leben und Tod → 353

158

Du betrittst einen mit Menschen gefüllten Schankraum. Bevor du dir ein genaues Bild über die Situation machen kannst, treten zwei schlaksige Männer in Lederhosen aus der Menge hervor und zeigen mit dem

Finger auf dich:»Da ist die Sau! Der war es, der ist vorhin durch den roten Kreis geritten.« Noch ehe du weißt, wie dir geschieht, stürmen die beiden Dorfbewohner mit ihren Knüppeln auf dich los. Der Kampf ist unausweichlich.

2 Dorfbewohner mit Knüppeln K14 L38

Bleibst du Sieger → 285

159

Der Abstieg ist nicht ganz so anstrengend wie der Aufstieg. Unterwegs kannst du, wenn du es möchtest, einen Brocken Vulkangestein als Souvenir von diesem Ausflug in deinem Rucksack mitnehmen. Nachdem ihr es geschafft habt, verabschiedest du dich von Muro und dankst ihm von ganzem Herzen. Dieser Mann war sein Gold in jedem Fall wert. Während er noch mal über den Vulkan muss, gehst du weiter ins Flachland dahinter, bis zu einem Weg. Und es scheint fast ein Wunder zu sein, als dir auf diesem dein treues Pferd entgegenkommt. Es hat wahrscheinlich den Weg durch die Schlucht gewählt, um hier auf dich zu warten. Ein wahrlich intelligentes Tier, oder kann es etwa die Gedanken seines Reiters und Herrn lesen? Was kann dieses wundervolle Tier noch alles?

Lies weiter bei → 312

160

Nach einigen Stunden habt ihr euch an das gegnerische Lager angeschlichen. Mit deinen Kriegern stürmst du nun auf die feindliche Soldatenbereitschaft zu, damit du deinen Auftrag in Lazedon fortsetzen kannst. Diese Soldaten sind allesamt mit Säbeln bewaffnet. Die Schlacht in den Bergen hat begonnen.

Lazedonische Gebirgssoldaten   T18

Gewinnst du dieses letzte Gefecht mit deiner Truppe → 500

161

Lies weiter bei → 270

162

Erst eine, dann immer mehr Masken schießen Feuerstrahlen aus ihren Augen auf dich. Wenn du überleben willst, musst du handeln.

Versuchst du schnell durch die geöffnete Eingangstür zu springen und zu fliehen → 374

Gehst du unter dem Tisch in Deckung → 482

163

An der Tür wird mit einer immensen Kraft gerüttelt, sie biegt sich gar nach außen und schließlich birst sie. Die Holzsplitter fliegen nach draußen in die Schwärze der

Nacht. Nicht lange dauert es, da erscheint ein grauenvolles Wesen in der nun vorhandenen Öffnung. Sein Körper ist der eines Menschen und er trägt schwarze Kleidung, doch die rübenblauen Finger reichen bis fast auf den Boden und gleichen Tentakeln. Das Schlimmste aber ist der überproportional große, kugelförmige Kopf in der Farbe des leuchtenden Mondes. In dessen Mitte liegen die winzigen Augen, die Nase und der Mund ganz eng beieinander. Es ist das blanke Grauen, der Horror, was da in die Gaststätte tritt. »Der Dämon ist gekommen«, hörst du eine flüsternde Stimme in deiner Nähe. »Sabitu sabuti sibu savidu!«, schreist du dem Dämon entgegen, während du das Pergament in der ausgestreckten Hand hältst.

Weiter bei → 499

164

Du kümmerst dich nicht weiter um den Künstler, sondern nimmst dir das Bild vor, um es im hellen Flur betrachten zu können. Was du zu sehen bekommst, lässt dich zutiefst erstarren. Das Bild ist ein Porträt von dir. Das muss du erst mal sacken lassen. Allerdings befinden sich auf dem Rahmen noch keine Beschriftungen wie bei den anderen Bildern, die du gesehen hast.

Setzt du deinen Weg jetzt lieber durch den Gang fort → 495

Stellst du den Künstler zur Rede → 452

165

Der königliche Ritter stellt sich dir als Sal'Jil vor. Was er dir dann erzählt, lässt deinen Atem stocken vor Aufregung, außerdem lässt es dich erneut an deinen nächtlichen Traum denken. »Seit einiger Zeit passieren seltsame Dinge in unserem Land Salmonien. Es gibt immer mehr Klagen über sonderbare, beängstigende Alpträume, die uns zu Ohren gekommen sind.« Du willst schon etwas erwidern, doch Sal'Jil fährt fort: »Es sind keine normalen Alpträume, wir denken mittlerweile daran, dass man uns diese Alpträume zielgerichtet schickt.« Du fragst neugierig, wer dies denn machen könnte und warum. »Es ist unser aller Feind. Er kommt aus Lazedon. Und der Rat der Weisesten hat auch bereits eine Vermutung, um wen es sich dabei handeln könnte: König Dagarmund aus Lazedon, der ein namenloses Grauen heraufbeschworen hat, um uns zu vernichten. Der Krieg zwischen unseren Ländern wird von Dagarmund wieder aufgenommen, er will unser Land erobern. Dich schaudert unwillkürlich. Du siehst die schwarzen, tiefen Augenhöhlen aus deinem Traum wieder, die dich in die Unendlichkeit aufzusaugen schienen. »Wir gehen davon aus, dass uns der Feind aus Lazedon mit schwarzer Magie bekämpft. Unsere Kundschafter in Lazedon erspähen immer mehr feindliche Soldaten, die in Richtung unserer Landesgrenze ziehen und sich dort stationieren. Vor allem unsere Soldaten werden durch diese Alpträume immer weiter zermürbt und verfallen der Angst und der Resignation. Es wird bestimmt nicht mehr lange dauern, bis sie leichte Opfer sind und man über Salmonien herfallen wird. In diesem Zustand hätten wir keine

Chance mehr. Dieses Szenario muss unbedingt ge-
stoppt werden, damit wir uns für die Verteidigung gegen einfallende lazedonische Soldaten rüsten können.
Die Zeit drängt. Noch heute soll die Mission beginnen
und du bist derjenige, den wir dafür auserkoren haben. Viele erzählten uns von deinen großen Trium-
phen und Heldentaten und wir glauben, dass du genau
der Richtige bist. Reise nach Lazedon und töte dieses
grauenvolle Wesen, ehe es unsere Soldaten kampfun-
fähig macht. Doch gib Acht, du wirst als Feind nach Lazedon kommen und kannst dort niemandem mehr
trauen. Wenn man deine Identität herausbekommt,
wird man dich töten. Willst du mit mir kommen, um
dich auf dieses Abenteuer vorzubereiten?« Dein Herz
pocht vor Aufregung, doch deine Abenteuerlust kennt
keine Grenzen und du willst alles für dein Land tun. Außerdem möchtest du wissen, was es mit diesen bösen
Träumen, dem Wesen, das es verschickt, und deinem
nächtlichen Alptraum auf sich hat. Gemeinsam beendet ihr die Mahlzeit, du löschst das Feuer und nimmst
neben deinem Rucksack nur noch dein <u>Schwert</u> (vermerke es als speziellen Gegenstand, den du NICHT aus
eigener Entscheidung ablegen kannst) und deine
ganze Habe von 50 Goldmünzen in einem Beutel mit
(trage sie unter 'Gold' auf deinem Abenteuerprotokoll
ein). Zusammen steigt ihr die Stufen zum Strand hinab,
an dem ein kleines Boot neben deinem eigenen liegt.
Ihr rudert zum anderen Ufer und brecht von dort aus
zum Palast des Königs in Salmstadt, der Königsstadt
von Salmonien auf. Deine Mission beginnt jetzt und du
weißt, was auf dem Spiel steht. Es geht um weit mehr
als dein eigenes Überleben, es geht um dein Land Salmonien, dem Schreckliches droht!

Lies weiter bei → 8

166

Du musst schlucken, als Gochrum vor dir tot auf dem Boden liegt, und kannst sogar eine Träne nicht verdrücken, da du dich mit einem deiner Gefährten duellieren musstest. Streiche 1 Punkt von deiner Truppenstärke. Aber du bist dir im Klaren darüber, dass du eine Meuterei nicht dulden kannst, und wenn du einmal nachgibst, vielleicht bald alleine dastehen wirst. Zwar bekommst du keine direkten Vorwürfe von Seiten der anderen Zwerge, aber die Stimmung bleibt weiter sehr schlecht. Die anderen Meuterer willigen ein, mit euch weiterzugehen.

Lies weiter bei → 235

167

Gatoor öffnet deinen Rucksack und wühlt darin herum und auch Sird schaut gespannt hinein. Jetzt solltest du schnell handeln, bevor man das Amulett entdeckt.

Hast du ein gelbes Pulver, mit dem man Wesen in Schlaf versetzen kann, und willst du diesen Moment nutzen und es gegen die beiden einsetzen (streiche es danach von deiner Ausrüstung) → 125

Ansonsten kannst du versuchen zu fliehen → 303

Oder den Moment für einen Angriff mit dem Schwert nutzen → 385

168

Während du dich am erfrischenden Wasser der Quelle labst und deinen Durst stillst, dringt etwas aus dem Unterholz vor dir. Als du dich aufrichtest, stehst du Auge in Auge einer bedrohlich aussehenden Riesenspinne gegenüber, die dich angreift. Wegen ihrer Giftzähne, mit denen sie dich zu beißen versucht, musst du sämtliche Lebensenergiepunkte, die du während des Kampfes mit diesem Ungetüm einbüßt, verdoppeln.

Riesenspinne K13 L23

Gewinnst du den Kampf → 347

169

Als du am nächsten Morgen aufwachst, sind Sird und Gatoor bereits aufgebrochen. Auch du beschließt, dich schnell auf deinen weiteren Weg zu machen

Lies weiter bei → 329

170

Leider weißt du nichts von Kavecas magischer Alarmanlage. Jeder Schlossbesucher, der sowohl über weiße und schwarze Marmorfließen läuft, kommt als Kavecas Feind. So jedenfalls hat sie die Spielregeln bestimmt. Dunkelkrieger, die etwas weiter abseits in einer Baracke hausen, werden über ein Armband mittels einer magischen Frequenz benachrichtigt und postieren sich daraufhin an sämtlichen Eingängen, also vor dem Schlosstor und am Ende dieses Geheimganges. Die Bestien haben das Überraschungsmoment auf ihrer Seite und fügen euch mit ihren Dreizacks tödliche Verletzungen zu, als ihr gerade aus dem Geheimtunnel ins Freie treten wollt. Eure Flucht wird durch dein Unwissen vereitelt. ENDE

171

Mit einem Ruck machst du die Tür auf und siehst dich einem Mann gegenüber. Er trägt die Rüstung der königlichen Ritter von Salmonien, sein Gesichtsausdruck ist entschlossen und sein brauner, etwas vorstehender Bart ragt bis weit über sein Kinn. Herausfordernd ist sein Blick, der dich eindringlich trifft.

Greifst du ihn unvermittelt an → *368*

Wartest du ab, was passiert → *177*

Sprichst du ihn an und fragst nach seinem Begehr → *237*

172

Dein Herz pocht wie verrückt, als das Wesen ganz nah bei euch ist – und schließlich einfach durch dich hindurchgeht und nichts geschieht. Du drehst dich um und siehst das schwefelgelbe Wesen einfach weitermarschieren. Während du noch um deine Fassung ringst, lacht Muro und meint lapidar:»Nur die Ruhe bewahren, dank des roten Zauberpuders können diese Schwefelgeister uns überhaupt nichts anhaben. Ansonsten würden wir innerlich verbrennen, wenn sie durch uns hindurchlaufen.« Deine Nerven bleiben jedoch angespannt, umso wichtiger ist es für dich, einen so erfahrenen Experten wie Muro an der Seite zu wissen. Etwas weiter springt dir eine Höhlenöffnung ins Auge, die etwa fünf Meter unter dem Kraterrand liegt. Deine Neugierde ist geweckt.

Willst du zu der Höhle hinabklettern → 265

Oder mit Muro den Vulkanberg auf der anderen Seite ohne Unterbrechung absteigen → 159

173

Möchtest du Rucksack und Schwert mitnehmen → 449

Kletterst du ohne diesen Ballast das Seil hinab → 92

174

Dafür, dass es erst Nachmittag ist, herrscht hier schon erstaunlich viel Betrieb. Verschiedene Gruppen sitzen in dem verwinkelten Schankraum. In Sekundenbruchteilen verschaffst du dir einen Überblick, gehst zum Wirt und gibst ihm eine Goldmünze (streichen) für ein Lumelar Ochsenblind, ein vorzügliches Bier, wie man dir sagt. Doch wohin willst du dich mit deinem Gebräu setzen, fast alle Tische sind belegt.

Willst du dich an den letzten verbliebenen leeren Tisch setzen → *19*

Setzt du dich zu einer Gruppe dreier grimmig dreinblickender Raufbolde mit Narben und zerrissener, teilweise genähter Kleidung → *367*

An einem Tisch, an dem zwei Männer mit weißen Gewändern, auf denen eine Sonne eingestickt ist, sitzen, wäre auch noch ein Platz frei → *271*

Außerdem erblickst du noch einen geheimnisvollen Mann, dessen Antlitz hinter einer grünen Kapuze fast verborgen ist und welcher eine Augenklappe trägt → *477*

175

Während du noch auf die toten Schlangen vor dir schaust, hörst du ein Klatschen.»Bravo, mutiger Abenteurer, Ihr seid wirklich ein bewundernswerter Held.« Der Hohn in ihrer Stimme ist nicht zu überhören. Erst jetzt blickst du auf und bemerkst, dass sich der Thron um 180 Grad gedreht hat. In ihm sitzt Kaveca, die Zauberin. Ihr violettes Gewand reicht bis zu ihren Füßen. Auch ihre Schuhe sind violett, allerdings in einer anderen Tönung. Sie sind vorne angespitzt und mit einem Riemenverschluss versehen. Der Kragen ihres Gewandes ist spitz und reicht ihr bis über beide Ohren, die pechschwarzen Haare fallen glatt auf ihre Schultern. Das fast kindlich wirkende Gesicht ist hübsch, aber ungemein böse. Grelle Schminke ziert es. Blutrote Lippen, verschiedenfarbige, gezackte Linien auf der Stirn. Die Augen schauen dich durchdringend an:»Nachdem

Ihr mein erstes Geschenk nicht zu würdigen gewusst habt, möchte ich Euch etwas anderes zeigen. Welchen Vorhang soll ich für Euch öffnen? Den roten oder den gelben?« Als du zögerst, keift sie dich an, dass sie beide öffnen werde, wenn du dich nicht sofort entscheidest.

Um Zeit zu gewinnen, gehst du darauf ein. Doch was wirst du ihr sagen?

Sie soll den roten Vorhang öffnen → 269

Sie soll den gelben Vorhang öffnen → 195

176

»Niemand darf das Dorf betreten!«, wiederholen sie mit ihren dunklen, animalischen Stimmen. Mit ausgestrecktem Dreizack stehen sie mitten auf dem schmalen Durchgang ins Tal und versperren in drohender Haltung den Weg.

Greifst du nun an → 355

Fragst du sie nach dem Grund für das Verbot → 87

177

»Sal'Jil ist mein Name, ich diene der königlichen Ritterschaft Salmoniens. Es geht um eine wichtige Sache für unser Land und Ihr seid auserkoren, diese zu übernehmen. Lasst mich eintreten.«

Gewährst du ihm den gewünschten Einlass, gespannt auf ein neues Abenteuer → 331

Entschließt du dich zum Angriff → 368

Forderst du ihn auf, zu gehen → 189

178

Schließlich lauft ihr hintereinander auf dem schmalen Sims, der teilweise nur 50 Zentimeter breit ist. Links ragen die schroffen Felswände in den Himmel, rechts geht es hunderte Meter in die Tiefe. Du behältst den Weg vor dir im Auge, um nicht auszurutschen und abzustürzen. Langsam tastet ihr euch voran. Einer der Zwerge rutscht ab und stürzt fast in den Tod, wäre da nicht ein Ast, der zwei Meter weiter unten aus den Felsen ragt und an dem sich der Zwerg gerade noch festhalten kann. Hinunterzuklettern, um zu helfen, ist an der fast senkrechten Felswand jedoch unmöglich.

Vielleicht hast du ein Seil im Rucksack, dann kannst du mithilfe einiger Zwerge euren Gefährten hochziehen → 332

Ansonsten müsst ihr euch von eurem Gefährten verabschieden und ihn in die Tiefe stürzen lassen, sobald dessen Kräfte nachlassen → 209

179

»Ich glaube an Euch und rate, auf die innere Stimme zu hören. Damit Ihr immer wisst, wem Ihr vertrauen könnt, wo Hinterlist und Heimtücke lauern und wann man Euch am Gelingen der Mission hindern will.« Mit diesen ermutigenden Worten endet eure Unterredung und der König begleitet dich noch persönlich bis zu deinem Schlafgemach.

Lies weiter bei → *408*

180

Mit großen Schritten gehst du über den Acker auf diese widerliche Vogelscheuche zu, um sie genauer in Augenschein zu nehmen. Doch dies hat sie offenbar zuvor schon mit dir getan, denn sie lebt! Mit einem Ruck erhebt sie ihre Sense, kommt mit steifen mechanischen Schritten auf dich zu und schlägt mit dem tödlichen Werkzeug auf dich ein. Kämpfe gegen diesen tödlichen Gegner.

Vogelscheuche   K13   L19

Bist du der Sieger in diesem Kampf, hält dich nichts mehr auf diesem Acker → *98*

181

Deine Antwort scheint den Mann schlagartig zu beruhigen, doch an einem weiteren Gespräch mit dir ist er nicht interessiert. Du trinkst schnell dein Bier aus, um nicht länger die Anwesenheit dieses seltsamen Zeitgenossen ertragen zu müssen.

Lies weiter bei → *21*

182

Bis zum Krater ist es noch ein ordentliches Stück, doch jetzt noch mal zurück zur Blockhütte und dann erneut da hoch, nein, wirklich nicht! Schließlich wird es so heiß, dass deine Haut gereizt wird. Dafür und für die Strapazen verlierst du 18 Punkte deiner Lebensenergie. Verfügst du über die spezielle Eigenschaft Ausdauer, musst du dir nur 14 Punkte von deiner Lebensenergie abziehen.

Wenn du noch lebst, geht es weiter bei → *34*

183

»Erst kein vernünftiger Wein, dann eine falsche Lösung. Ich glaube, wir müssen die Daumenschrauben anziehen. Diesmal müsst Ihr um Euer Leben spielen. Wenn es Euch so wichtig ist, das Schloss zu betreten, dann ist dies die letzte Chance dafür.« Du weißt selber, dass du den Zwergenkönig befreien musst, weil du sonst keine Chance hast, nach Lazedon zu kommen und dort deine Mission zu erfüllen. Umzukehren und dem König dein Versagen einzugestehen, widerspricht völlig deinem Heldenkodex. Du ziehst das jetzt durch, auch wenn du hier dein Leben elendig aushauchen wirst. Mit diesen Gedanken im Kopf stimmst du dem tödlichen Spiel, das immer da kommen mag, zu. »Vor Euch sind sechs Trittplatten, stellt Euch auf eine davon.« Wie zum Beweis des Gesagten leuchten sechs quadratische Felder vor dir auf. Du wählst eines aus: Feld 1 ist links, dann kommt rechts daneben Feld 2 und so weiter. Entscheide dich für eines der sechs Felder. Dann würfle 1-mal.

Stimmt die gewürfelte Augenzahl mit der Wahl deines Feldes überein → 389

Stimmt die gewürfelte Augenzahl NICHT mit der Wahl deines Feldes überein → 467

184

Du gibst alles, doch der Flüchtende ist dir entkommen. Du lauschst in die Stille, nimmst aber nichts mehr wahr. Müde und erschöpft kämpfst du dich zum Pfad zurück. Da es schwierig ist, sich zu orientieren, dauert es eine ganze Weile, bis du aus den Büschen zu deinem Pferd schreitest. Diese Jagd hat dir 2 Punkte deiner Lebensenergie gekostet, die du abziehen musst.

Müde besteigst du dein Pferd, um möglichst schnell einen Schlafplatz zu finden → 41

185

Du bist (mit deinem ganzen Ballast) einfach zu schwer, trotz immenser Kraftanstrengungen kann Muro das Seil nicht mehr halten und es gleitet ihm zwischen den Fingern hindurch. Du stürzt in den Krater und wirst hier ein schnelles, aber trauriges Ende finden. ENDE

186

Ihr lasst diese kleine, verfallene ehemalige Siedlung hinter euch und nähert euch unaufhaltsamen Schrittes eurem Ziel. Man überblickt jedoch immer nur ein gewisses Gebiet, bis sich der nächste kleine Hügel erhebt, es ist fast wie mit den Wellen auf dem Meer. Als ihr nach einer kleinen Rast jedoch einen etwas größeren Hügel erklimmt, ist der Ausblick fantastisch. Kilometerweit sieht man hier über eine Ebene, auf der das Gras bald einem sandigen Untergrund weicht. Inmitten dieser Ebene, einige Kilometer entfernt, erhebt sich die Königsstadt. Sie ist rechteckig angelegt und von einer fast zehn Meter hohen Stadtmauer umgeben, die sie schützt. Der Königspalast liegt in Salmstadt ganz oben auf einem kleinen Berg, auf den ein Weg spiralförmig hinaufführt. Und dort, auf einem großen Plateau auf dem Berg, thront der prunkvolle Palast. Der erste Eindruck von der Entfernung täuscht, es dauert tatsächlich mehrere Stunden, bis ihr die Stadtmauer und das große Stadttor erreicht habt. Da man euch längst gesehen hat, haben sich Wachtposten vor dem Tor platziert und geleiten euch in die Stadt hinein. Viele Menschen leben hier nicht, diese Stadt dient vornehmlich als königliche Residenz. Ihr gelangt auf einen großen Platz. Linker Hand beginnt jene Straße, die spiralförmig auf und um den Berg herum bis zum Palast hinauf führt, rechts setzt sich der Platz noch etwas fort, es gibt dort einige Geschäfte, Häuser und Handwerksbetriebe. Hier liegen auch die Stallungen der königlichen Garde. Ihr schlagt gleich den Weg zur Burg ein. Anfangs gibt es links und rechts der gepflasterten Straße noch Häuser, doch nach einigen Umrundungen des Berges weichen diese Weinreben, die hier angelegt wurden. Schließlich, nach der letzten Wendung, schreitet ihr direkt auf ein großes Plateau zu, auf dem sich die prachtvolle Königszitadelle befindet. Auch hier gewährt man euch Einlass.

Lies weiter bei → *18*

187

Du triffst auf einige eifrige Missionare der Glaubensbrüderschaft des Roten Drachen. Dir als Glaubensbruder wünschen sie allen erdenklichen Segen. Deinen Weg kannst du ungehindert fortsetzen.

Lies weiter bei → *3*

188

»Niemals hielt ich es für möglich, dass sich jemand freiwillig an diesen furchtbaren Ort begibt.« Du versicherst ihr aber, dass dem so sei, und fragst sie, was denn daran so grauenerregend sei. »Was hier so furchtbar ist? Dieses ganze Schloss ist ein böser Ort. Kaveca und ihre Dunkelkrieger – ich möchte nichts mit ihnen zu tun haben. Doch es ist mein Schicksal, hier immer wieder Zeit zu verbringen. Meines und das meiner sechs Enkel, der siebte ist kürzlich verstorben. Ich putze hier für Kaveca, dafür lässt sie regelmäßig einen Korb mit Lebensmitteln vor unsere bescheidene Hütte stellen. Wie sonst soll ich mich und sechs Vollwaisen durchbringen?« Während der letzten Worte geht sie zum Schrank, aus dem sie Besen und Putzeimer hervorholt. Währenddessen ist sie in Tränen ausgebrochen. Ihr Schicksal hat sie sehr mitgenommen. Du beschließt, dich wieder auf den Weg zu machen, nachdem es dir nicht mehr gelingt die völlig aufgebrachte alte Frau zu beruhigen.

Lies weiter bei → 127

189

Zunächst drängst du ihn, zu gehen, doch er überzeugt dich davon, dass du ihn zumindest vorher noch anhörst.

Lies weiter bei → 421

190

Am nächsten Morgen sind alle wie gerädert, die Nacht war nach diesem Angriff sehr unruhig. Auch du büßt 5 Punkte deiner Lebensenergie ein, weil du kaum geschlafen hast. Jetzt musst du eine Mahlzeit zu dir nehmen oder noch mal 3 weitere Punkte von deiner Lebensenergie abziehen. Nach einigen Stunden Marsch habt ihr den langen Weg hinter euch und den Gipfel und das östliche Bergmassiv umrundet. Danach ist die Stimmung wieder etwas besser und auch Brems Hütte erreicht ihr schnell.

Lies weiter bei → 297

191

Du machst Gargarod klar, dass er dankbar sein sollte, überhaupt aus diesem Verlies befreit worden zu sein, und dass der Aufenthalt im Hexenschloss mehr als lebensgefährlich für dich war.

Lies weiter bei → *61*

192

Da ist jemand zwischen zwei Büschen hindurch, das hast du genau erkennen können. Jedoch nicht, wer oder was es war. Schnell setzt du dich an dessen Fersen. Ein paar Meter vor dir siehst du die Umrisse eines kleinen Wesens. Also doch! Deine Sinne haben dich nicht getäuscht.

Setzt du die Verfolgung fort → 393

Gehst du lieber zu deinem Pferd zurück und suchst dir einen Schlafplatz → 41

Oder schaust du noch nach dem Leuchten auf der linken Wegseite → 348

193

Diese Gestalt, die du nur von hinten siehst, es ist der Mann aus dem 'Blinden Ochsen', mit dem du beim Verlassen der Gaststätte zusammengeprallt bist. Da bist du dir ganz sicher.

Stiehlst du dich in seinem Rücken die Wiese hinauf zu deinem Pferd → 457

Sprichst du ihn an → *27*

Willst du ihn von hinten angreifen → *246*

194

Du möchtest kein unnötiges Risiko eingehen, womöglich kommen bald noch mehr dieser Leute. Schnell verlässt du den Tempel und steigst die Treppenstufen hinab.

Lies weiter bei → *427*

195

Gerade deshalb, weil du »Gelb« gesagt hast, streckt sie ihren Arm in Richtung der roten Vorhänge, grinst dich spöttisch an und schnippt mit den Fingern. Durch diesen magischen Kniff gleiten die Vorhänge zur Seite. Zwei Dunkelkrieger stürmen hervor. »Ihr wisst, was ihr zu tun habt!«, richtet sie barsche Worte an ihre treuen Diener. Der Kampf ist unausweichlich.

2 Dunkelkrieger   K15   L34

Gewinnst du den Kampf → *273*

196

Du triffst auf eine Gruppe Missionare, die für ihren Glauben an den Roten Drachen kämpfen und dich als Un- oder Andersgläubigen bekehren wollen. Die Stimmung wird immer aggressiver, als du dich diesem Vorhaben verweigerst, und es kommt zu einem Handgemenge. Zwar kannst du dich aus dem Getümmel befreien, doch du wirst leicht verletzt und büßt 5 Punkte deiner Lebensenergie ein. Außerdem wird dir ein Gegenstand aus deinem Rucksack gestohlen (streiche einen beliebigen Gegenstand, wenn du welche darin hast).

Lies weiter bei → 3

197

Du betrachtest den tanzenden Holzkreisel genauer. Farbspiralen springen in dein Auge. Ein durch den Kreisel erzeugter kunterbunter Reigen dreht sich vor dir. Doch plötzlich taucht inmitten dieser Bilder ein dir bekanntes Gesicht auf: Kaveca! Jetzt hörst du auch ihr Lachen, doch nicht mehr aus der Tiefe kommt es herauf, nein, es ist in deinem Kopf. Immer lauter wird es – und es ist durchdringend böse. Die Farben beginnen sich in ihrem wilden Tanz immer schneller zu drehen und dir wird schwindelig. Auch Kavecas Stimme bereitet dir Kopfschmerzen. Du beginnst zu wanken, gehst schließlich auf die Knie und beugst dich dabei über den Kreisel. Mit seiner magischen Kraft beginnt dieser nun deine Lebensenergie aufzusaugen. Du bist Kaveca in ihre magische Falle gegangen. Deine Mission endet bitter an dieser Stelle. ENDE

198

Vorsichtig spähst du durch ein paar Zweige, die du zur Seite schiebst. Auf einem kleinen schmalen Platz zwischen den Bäumen sitzen vier bärtige Männer um ein Lagerfeuer herum. Im Feuerschein erkennst du ihre bei den Menschen aus dem äußersten Nordwesten deines Landes übliche violette Hautfarbe. Sympathisch wirken sie nicht gerade, vielleicht ist es eine Räuberbande, die durch die Lande streift. Einer beißt gerade in ein Stück Fleisch, das sie über dem Feuer gegrillt haben. Fett tropft zu Boden und du hörst den Mann genussvoll schmatzen. Bemerkt haben sie dich nicht, so beschäftigt sind sie mit sich und ihrer Mahlzeit. Jetzt liegt es an dir, dich zu entscheiden.

Gibst du dich zu erkennen und gesellst dich zu den Männern → 414

Wenn du noch nicht dort warst, kannst du dich dem zweiten Lagerfeuer nähern →375

Oder reitest du in das Dorf mit dem Friedhof → 489

Oder zur Burg des Roten Drachen → 453

Vielleicht auch direkt in den Nachtschattenforst → 39

199

Über dir kreist das fürchterliche Mischwesen eines Raubvogels mit dem Oberkörper einer Frau. Mit ihren scharfen Krallen und schrillen Schreien stürzt sie sich auf dich, um dich zu zerfleischen. Dir bleibt wohl nichts anderes übrig, als deine Waffe zu ziehen und dich aus dem Sattel heraus zu verteidigen.

Harpyie K13 L24

Behältst du in diesem Kampf die Oberhand → *412*

200

An einem Flussufer begegnest du einer alten Bauersfrau, die in dem wenig Wasser führenden Gewässer Kleidung wäscht. Gerade breitet sie diese auf einigen Felsen aus, damit sie in den letzten Sonnenstrahlen und am nächsten Tag trocknen können. Besitzt du die Eigenschaft Charisma, schenkt sie dir die kleine Holzschnitzerei eines Ochsen, der einen Pflug hinter sich herzieht und von einem Bauern geführt wird. Diese kannst du in deinem Rucksack mitnehmen, wenn du es möchtest. Ansonsten bleibt es bei einem Gruß zwischen euch.

Lies weiter bei → *98*

201

Du drückst den gelben Knopf und hörst ein Klicken. In der linken Armlehne ist ein kleines Fach aufgegangen. Darin liegt ein Bronzeschlüssel, den du als speziellen Gegenstand mitnehmen kannst.

Möchtest du Kaveca durch den Spiegel verfolgen → *281*

Falls du das Folgende noch nicht getan hast:

Suchst du nach Geheimtüren → *293*

Möchtest du die noch nicht geöffneten Vorhänge nun öffnen → 306

Möchtest du den Thronsaal verlassen → 104

202

Am Ortsrand siehst du an den Felsbergen ein abseits stehendes kleines Häuschen, an dem die Tür von ganz alleine auf- und zuklappt.

Möchtest du dir dieses gespenstische Häuschen näher ansehen → 130

Oder setzt du lieber deinen Weg fort, ohne dich darum zu kümmern → 491

203

Du erkennst den Pilz mit dem gelben Hut als einen weißstieligen, gelben Amperhäuptling. Dieser Pilz ist besonders nahrhaft und verfügt über heilende Wirkung. Deshalb beschließt du, von ihm zu probieren. Die anderen Pilze kennst du nicht, jedenfalls sind es keine Amperhäuptlinge.

Lies weiter bei → 361

204

Zunächst ist der Bauer nicht überzeugt davon, dass du kein Eindringling bist, doch du redest beruhigend auf ihn ein und kannst ihn davon überzeugen, dass er erst mal diesen aggressiven Bluthund wegbringt. Dies macht er auch zu deiner Erleichterung und einige Minuten später sitzt ihr zusammen in einer gemütlichen Stube an einem Feuer. Die Bauersfrau ist netter als ihr immer noch griesgrämig dreinblickender Gatte. Du bekommst eine üppige Mahlzeit zubereitet und kannst gestärkt aufbrechen, nachdem du dich bei den beiden bedankt hast.

Lies weiter bei → 284

205

Voller Furcht flüchtet die Gestalt in eine hintere Ecke des Raumes und kauert sich da zusammen, die Arme schützend über sich haltend. Während du dich ihr langsam näherst, hörst du ein Winseln und Schluchzen:»Verschont mich, bitte verschont mich. Ich tue hier nur das, was ich tun muss.« Danach wieder Schluchzen und Winseln.

Verlässt du den Raum, um dem Flur zu folgen → 495

Versuchst du beruhigend auf die verängstigte Gestalt einzureden → 434

206

Besondere Zwischenfälle gibt es an diesem Vormittag keine und du kommst gut voran.

Lies weiter bei → 412

207

Bist du ein Anhänger des Roten Drachen → 187

Andernfalls → 196

208

Die Stiele sind völlig identisch, doch die Hüte haben unterschiedliche Farben: grün, rot, blau und gelb.

Verfügst du über die spezielle Eigenschaft der Kräuterkunde → 203

Möchtest du von den gelben Pilzen essen → 361

Möchtest du von den roten Pilzen essen → 254

Möchtest du die blauen Pilze probieren → 72

Möchtest du die grünen Pilze probieren → 83

Wenn dir das alles zu undurchsichtig ist, kannst du auch deinen Weg fortsetzen → 413

209

Dieser tragische Zwischenfall trübt die Stimmung in der Gruppe ein wenig, trotzdem setzt ihr euren Weg fort. Ziehe 1 Punkt von deiner Truppenstärke ab. Es ist mühsam, aber Stück für Stück arbeitet ihr euch auf dem Sims entlang. Der Weg führt lange Zeit in die falsche Richtung, das heißt nach Osten, erst dort macht er einen Bogen um das Bergmassiv herum. Als ihr wieder in Richtung Westen marschiert, beginnt es bereits langsam zu dämmern. Der Weg, den ihr vor euch habt, ist noch weit.

Möchtest du deine Männer auffordern, doch schneller zu gehen → 142

Bleibt ihr bei eurem Tempo → 369

210

Untersuchst du den Altarbereich → 243

Untersuchst du den Bereich mit den Kissen → 481

211

Im ersten Rucksack, den du dir vorknöpfst, findest du lediglich Kräuter, Nahrungsmittel und Getränke. Nervös blickst du dich um, aber auch bei genauerem Suchen findest du nicht mehr.

Riskierst du es, entdeckt zu werden, und nimmst dir auch noch den anderen Rucksack zur Brust → 22

Setzt du dich ans Feuer und wartest ab, ob jemand kommt → 292

Oder ziehst du es vor, von hier zu verschwinden und dir einen anderen Schlafplatz zu suchen:

Wenn du noch nicht dort gewesen bist, kannst du zum ersten Lagerfeuer reiten → 198

Du kannst in das Dorf mit dem großen Friedhof reiten → 489

Zur Burg des Roten Drachen → 453

Oder in den Nachtschattenforst → 39

212

Nachdem du einen orangefarbenen Strauch mit deinem Schwert aus dem Weg geräumt hast, triffst du auf offenes, steiniges Gelände. Hier beginnt der eigentliche Vulkanberg und nach einigen hundert Metern geht es auf diesem Untergrund auch schon steil bergauf. Bäume und Buschwerk gibt es da nur noch vereinzelt. Vor dem steilen Aufstieg auf den Vulkanberg steht eine Blockhütte im Schatten hoher Bäume. Davor ein Holzschild mit der Aufschrift: 'Führung über den Vulkanberg: 10 Goldstücke'. Jetzt ist es an dir, dich zu entscheiden.

Willst du den beschwerlichen Aufstieg alleine beginnen → 378

Oder gehst du zur Hütte und klopfst dort an, um auf dich aufmerksam zu machen → 307

213

Schnell reitest du weiter, doch die Bälle, die wie verrückt über das Pflaster hüpfen, sind sehr schnell und unberechenbar. Was auch immer das ist, Orangen sind das sicher keine. Trotz deiner Flucht wirst du von ein paar Bällen getroffen, obwohl du hoch zu Ross sitzt. Würfle 2-mal und ermittle so die Anzahl der Bälle, die dich treffen. Für jeden Treffer durch einen Ball musst du dir 3 Punkte deiner Lebensenergie abziehen, sie rauben dir Lebenskraft.

Überlebst du die Attacke des alten Mannes mit diesen teuflischen Bällen, lies weiter bei → *202*

214

Der Standardheiltrank bringt dir einmalig 5 Punkte an Lebensenergie zurück, der starke Heiltrank 10 Punkte. Beide sind 1-mal anwendbar und dann zu streichen. Dasselbe gilt für die eigene Entwicklung. Diese lässt den Anwender sich gekräftigt und gesund fühlen, bringt aber nur 3 Punkte an Lebensenergie zurück. Da die Apotheke nun schließt, musst du den Laden verlassen.

Lies weiter bei → *492*

215

Du hebst dein Schwert und holst zum Schlag aus, doch als die Klinge niedersaust, wird sie von dem mächtigen Schlag einer Kriegsaxt aus deiner Hand gewuchtet. Sie schlittert über den Boden und – schließlich in die Tiefe. Währenddessen haben sich einige der Zwerge um den Ankömmling von der Hängebrücke gekümmert, der es auf dich abgesehen hatte. Nachdem einige der Zwerge die lazedonischen Soldaten besiegt haben, wird der Mann mit dem schwarzen Umhang schnell das Opfer schwerer Kriegsäxte. Das wäre also geschafft, aber etwas stimmt trotzdem nicht. Es war nämlich einer der

Zwerge, der dir mit seiner Streitaxt dein Schwert aus der Hand schlug und dich nun grimmig anblickt. Auch die anderen Zwerge kommen plötzlich in drohender Haltung auf dich zu. Derjenige, der dir das Schwert aus der Hand schlug, sagt:»Unser Gebieter hat zwar den Befehl über uns und wir sind auch bereit, unser Leben für diese Mission zu riskieren und es zu opfern. Und ich bin mir sicher, dass, wenn überhaupt, nur wenige von uns die letzte Schlacht mit den lazedonischen Gebirgssoldaten überleben würden. Aber falls es so kommt, so wollen wir sicher nicht hier unser Schicksal elendig fristen, sondern wieder in unser Dorf zurück. Dieser Lump aber meinte uns auch noch den Rückweg für immer verwehren zu müssen, indem er die Brückenseile durchtrennte.« Die Anklage sitzt.»A…, a…, aber der Mann dort«, stammelst du und zeigst dabei auf den am Boden liegenden Toten im schwarzen Umhang.»Mit dem wären wir auch so fertig geworden, nein, jetzt ist Schluss! Wir lassen uns zwar herumkommandieren, aber das ging zu weit. Das war nicht abgemacht, dass wir hier für immer versauern, nachdem wir dir so sehr bei deiner Mission geholfen haben.« Die Zwerge kommen allesamt drohend näher und du weichst automatisch zurück, auf den Abgrund zu. Da verlierst du mit dem linken Fuß plötzlich den Halt und stürzt rückwärts in die bodenlose Tiefe. Während du fällst, wirst du dir bewusst, dass du die Zwerge hintergangen hast und selber an deinem Schicksal schuld bist. Dein Abenteuer endet hier. ENDE

216

Du bist noch gar nicht so richtig in Fahrt gekommen bei deiner erfundenen Geschichte, da lässt das Interesse der Männer an dir bereits nach. Sie sind müde und vollgefressen. Auch du bist sichtlich erschöpft und müde und schlummerst schon bald ein.

Lies weiter bei → 256

Lies weiter bei → 256

217

Der rote Kreis um das Dorf auf deiner Karte ist schon eigenartig. Etwas ist da in deinem Hinterkopf an Wissen gespeichert. Melihr – da war doch etwas. Ja genau, Erinnerungsfetzen kehren zurück. Da war etwas mit einem Fluch, den ein Dämon über dieses Dorf verhängt hat, vor über hundert Jahren. Mehr als diese Bruchstücke sind aber nicht in deinem Gedächtnis vorhanden. Wenigstens bist du jetzt vorgewarnt. Trotzdem musst du dir hier Nachtquartier suchen, wenn du keine wertvolle und entscheidende Zeit bei deiner Mission verlieren möchtest.

Möchtest du es gleich an der Windmühle probieren → 241

Reitest du lieber erst mal nach Melihr hinein → 124

Möchtest du es gleich an der Windmühle probieren → 241

Reitest du lieber erst mal nach Melihr hinein → 124

218

Der Hut schmeckt nicht nur bitter, er ist auch äußerst giftig. Du verlierst 30 Punkte deiner Lebensenergie und bekommst noch dazu schlimme Magenkrämpfe.

Zum Glück gibt es keine weiteren Folgewirkungen. Geschwächt setzt du deinen Weg fort, falls du diese Vergiftung überlebt hast.

Lies weiter bei → 413

219

Vor dem Altar bleibst du stehen, Auge in Auge mit dem dahinterstehenden Mann. Seine Gesichtszüge wirken gespenstisch im grünlichen Fackelschein. »Legt Eure Hände auf den Altar!«

Tust du, wie dir befohlen → 436

Versuchst du zu fliehen → 474

Weigerst du dich und bleibst stehen → 24

220

Äußerst vorsichtig schleichst du an die Rückseite der Hütte. Gleich dahinter beginnt der Waldrand, eine schwarze Wand mit ebenso schwarzen Schemen von Bäumen und Gestrüpp. Du schleichst am Waldrand entlang, da passiert es. Hinterrücks wirst du niedergeschlagen – und nicht mehr erwachen. Dein Mörder hat dir hier aufgelauert, er ist dir seit Lumelar auf den Fersen gewesen. ENDE

221

Du hast die Orientierung längst verloren. Auch den Rückweg findest du nicht mehr, denn der Nebel ist so dicht, dass du nichts mehr siehst. Auch nicht die Geister, die sich aus dem Dorf nähern und in dir ein Opfer finden. Als sie dich aus dem magischen Nebel heraus angreifen, hast du keine Chance. Dein Ende findest du am Rande des Geisterdorfes. ENDE

222

Der Nachtschattenforst liegt schon etwas hinter dir, da kommt dir ein bunter Planwagen entgegen. Kurz vor dir hält dieses sonderbare, von zwei Pferden gezogene Gespann. Kaum stehen die Pferde, denen die Pause gelegen kommt, springen bereits drei bunt gekleidete Troubadoure mit ihren Instrumenten aus dem Wagen und posieren vor dir. In ihren Strumpfhosen und mit den vorne gezwirbelten Schuhen sehen sie komisch aus. Mit Trumscheit, Schalmei und Laute und einem theatralischen Gesang wirst du auch schon von ihrer Musik beglückt. Sie singen in Versen von ihrem Glauben an den Grünen Drachen, der ihrer Meinung nach die einzig wahre Gottheit und der Garant ihres und des Glücks aller Wesen sei. Dann verneigen sie sich vor dir und legen ihre Filzkappen auf den Boden. Scheinbar erwarten sie, dass du ihnen Gold für ihre aufgezwungene Darbietung gibst.

Gibst du ihnen Goldmünzen (streiche dann die entsprechende Anzahl aus deinem Protokoll) → 119

Gibst du ihnen einen von deinen Gegenständen (streiche ihn aus deinem Protokoll) → 294

Gibst du deinem Pferd die Sporen und lässt die Spiel-
leute einfach stehen → *230*

Glaubst du an den Roten Drachen und willst ihnen klar-
machen, dass dich ihre Darbietung beleidigt hat → *60*

Sagst du ihnen, dass du ihre Darbietung grauenhaft
fandest → *150*

223

»Wanosch hat nur ganz wenig von diesem Pulver her-
stellen können, aber ich werde schauen, ob es noch
ein Röhrchen davon gibt.« Nach einer Weile kommt
Sal'Jil mit einem solchen Röhrchen zurück und meint,
dass auch der König sein Okay dazu gegeben habe. Das
gelbe Schlafpulver reicht für eine einmalige Anwendung. In einem Kampf, den du mit Würfeln austragen
musst, kannst du das Pulver anwenden und hast damit
automatisch deinen Gegner besiegt. Ansonsten kannst
du es auch anwenden, wenn dies ausdrücklich im Text
steht. Denke daran, es nach der Anwendung von der
Liste mit deinen speziellen Gegenständen zu streichen, unter denen du es aufgeführt hast.

Lies *weiter bei* → *342*

224

Unterwegs triffst du auf einen fahrenden Händler, der
mit Lebensmitteln und Gewürzen handelt. Für zwei
Goldstücke kannst du eine **Portion Proviant** erstehen.
Hast du die spezielle Eigenschaft Charisma, so kannst

du den Preis sogar auf 1 Goldmünze pro Ration herunterhandeln. Bis zu fünf Mahlzeiten kannst du kaufen, nimm die entsprechenden Veränderungen in deinem Abenteuerprotokoll vor.

Lies weiter bei → *412*

225

Der Spaten trifft mit voller Wucht deinen Schädel. Dies ist ein unrühmliches Ende. ENDE

226

Lies weiter bei → *216*

227

Lies weiter bei → *109*

228

Entschlossen stürmst du aus der Menge hervor, um der Frau den Stein zu geben. Sofort verfolgen dich ein paar Männer aus der Zuschauermenge, um dich daran zu hindern. Dir bleibt nichts anderes übrig, als den Stein zu werfen, denn die Meute hat dich gleich.

Lies weiter bei → *440*

229

Du schreist dir die Kehle aus dem Leib und donnernd kommt die Felskugel näher, sie sitzt euch bereits im Genick. Dir ist klar, dass du in der engen Rille keine Chance hast, dich irgendwo zu schützen, und als Schlusslicht wirst du zudem als Erster überrollt werden. Diesen gigantischen Massen hast du nichts mehr entgegenzusetzen, dein Leben endet hier. ENDE

230

Wozu sich weiter mit diesen Leuten aufhalten, sagst du dir und die verdutzten Blicke, die dir hinterhergeschickt werden, nimmst du gar nicht mehr wahr.

Lies weiter bei → 432

231

Der Nebel ist so dicht, dass du keine echte Orientierung mehr hast. Es dauert einige kraftraubende Stunden, bis der Nebel nachlässt und du den richtigen Weg zurück gefunden hast. Dieser Kraftaufwand kostet dich 3 Punkte deiner Lebensenergie. Aufgrund der späten Stunde reitest du direkt in den Nachtschattenforst, der von der Weggabelung aus am nächsten liegt.

Lies weiter bei → 39

232

Als es der Letzte der Zwerge gerade geschafft hat, passiert es. Aus den Büschen stürzen zwei lazedonische Soldaten auf euch zu, während von der anderen Seite eine große Gestalt in einem wehenden schwarzen Umhang mit langen Schritten, fast Sprüngen, über die Hängebrücke angerannt kommt. Die Soldaten werden bereits von einigen Zwergen attackiert, da nähert sich die Person auf der Brücke eurer Seite. Die schwarzen Haare stehen ihr im Sturm wirr in alle Richtungen ab. Um den Hals hat sie etwas rot Leuchtendes hängen. Jetzt liegt es an dir.

Trennst du die Brückenseile mit ein paar Schwerthieben durch, damit die Brücke und die Gestalt auf ihr in den Abgrund segeln → 215

Wartest du die Ankunft der Gestalt auf der Brücke lieber kampfbereit ab → 29

233

Gebannt lauschen dir die Anwesenden, bis König Marmod schließlich seine Stimme in der nachdenklichen Stimmung erhebt:»Ja, auch in Euch will dieses Grauen Angst und Panik erzeugen. Doch dem wollen wir entgegenwirken!«

Lies weiter bei → 450

234

Über die schwarzen Felder erreichst du die gegenüber-liegende Tür. Notiere dir 'schwarze Felder' auf deinem Abenteuerprotokoll.

Lies weiter bei → 261

235

Nach einem harten Aufstieg erreicht ihr ein kleines Felsplateau und macht dort erneut Rast. Es ist merklich kühler geworden. Bis zum Gipfel ist jedoch noch ein extrem steiles und teilweise mit Schneeflächen bedecktes Stück Strecke zurückzulegen. Allerdings führt von hier aus auch eine Art Felssims um das ganze Gebirgsmassiv herum, wie dir die Zwerge erklären. Dies sei der einzige sicherere Weg, auch wenn der Pfad schmal ist und es daneben hunderte Meter schroff in die Tiefe geht. Schließlich seid ihr euch im Grunde einig, als ein Zwerg hervortritt:»Meister, ich bin Metillos und ich widerspreche meinen Freunden hier. Der Weg um den Berg ist zwar sicherer, aber wenn wir nicht von der Nacht überrascht werden wollen, müssen wir den Weg über den Gipfel einschlagen, um noch vor Einbruch der Nacht Brems Hütte zu erreichen. Um den Berg herumzugehen ist ein viel zu großer Umweg und die Dunkelheit wird uns einen Strich durch die Rechnung machen. Zwar haben wir Laternen dabei, aber es ist unberechenbar und gefährlich, sich dort in der Nacht herumzutreiben.« Heftig protestieren die übrigen Zwerge und drängen dich, den sichereren Weg um den Berg herum mit ihnen einzuschlagen. Die Entscheidung liegt jetzt bei dir. Immerhin versichern dir die Zwerge, dass sie in jedem Fall mitkommen werden, egal wie du dich entscheidest.

Beugst du dich der Mehrheit und ihr schlagt den Weg um den Berg herum ein → *178*

Hörst du auf Metillos und schlägst mit deiner Truppe den Weg zum Gipfel ein → *311*

236

Für diese Strapazen, die du dir da zugemutet hast, büßt du 6 Punkte deiner Lebensenergie ein. Schweißüberströmt näherst du dich wieder der Blockhütte, entschlossen, die benötigte Hilfe jetzt doch anzufordern.

Lies weiter bei → 307

237

Lies weiter bei → 177

238

Mühsam bahnst du dir den Weg durch die Menge, die immer aufgebrachter wird. Froh, dem Chaos entkommen zu sein, erreichst du wieder die Straße, die sich durch das Dorf windet. Bald schon ist sie wieder so verlassen, dass dir keine Menschenseele mehr begegnet. Das ändert sich, als die Straße vor dir extrem steil abfällt. Am Straßenrand steht ein alter Mann, der sich an einen großen Handkarren voller Orangen lehnt. Fast regungslos steht er da, doch scheint er jede deiner Bewegungen genauestens zu verfolgen. Ein seltsames Lächeln umspielt seine Mundwinkel, das dich unwillkürlich erschaudern lässt. Vorsichtig nimmst du das gepflasterte Gefälle mit deinem Pferd in Angriff. Unten angelangt, bist du froh, diese Steigung auf der Straße gemeistert zu haben, doch da passiert es. Der alte Mann setzt den Karren auf, dessen Rückwand klappt daraufhin vollständig auf und lauter orangefarbene Bälle hüpfen dir entgegen. Direkt vor dir befindet sich eine Haustür.

Versuchst du, schnell wegzureiten → 213

Springst du vom Pferd und versuchst schnell in das Gebäude zu gelangen, um von den Bällen nicht getroffen zu werden → 63

239

Auf dem großen Platz haben sich alle Bewohner des Zwergendorfes versammelt. Gargarod sitzt in einer Sänfte vor dir, um dir mitzuteilen, wie viele seiner Krieger er dir bereitstellen wird. Grundsätzlich stellt er dir 50 Streitkräfte. Wenn du die Eigenschaft Charisma besitzt, kommen 5 weitere hinzu. In folgenden Fällen musst du 5 Streitkräfte abziehen: entweder wenn du ihm keinen Wein geschenkt hast oder wenn du mit ihm Streit am Frühstückstisch hattest. Nun bekommst du also zwischen 45 und 55 Zwergenkrieger zur Verfügung gestellt. Trage die ermittelte Anzahl in deinem Abenteuerprotokoll unter 'Truppenstärke' ein. Denke daran, dass dein Abenteuer sofort zu Ende ist, wenn deine Truppenstärke auf 0 oder darunter sinkt. Dann bist du nämlich mit deinen letzten Kriegern in den Bergen selber umgekommen. Oder du hast alle Krieger verloren und wirst nur auf dich gestellt dein Ende in den Bergen finden.

Möchtest du mit Gargarod verhandeln, um noch mehr Krieger zugeteilt zu bekommen → 154

Begnügst du dich mit dieser Anzahl, geht es weiter bei → 276

240

Der Schatten bewegt sich noch eine Weile auf der Wand und ist plötzlich verschwunden. Du wartest noch eine Weile ab und schaust dich um, doch er taucht nicht wieder auf. Enttäuscht musst du den Rückweg antreten, auch eine Holzpfeife hast du nicht gefunden.

Weiter bei → 65

241

Sachte drehen sich die vier großen Flügel der Mühle im leichten Wind und ziehen knapp über deinem Kopf vorbei, als du dich vor der robusten Tür befindest. Mehrmals klopfst du an. Und scheinbar hört man dich. Etwa auf Augenhöhe wird eine kleine Luke geöffnet und ein Augenpaar blickt dich an. »Verschwindet, Fremder, verschwindet sofort von hier und aus diesem

Dorf!« Die Worte, aber auch der befehlsmäßige Ton, in dem sie dir entgegengeschleudert werden, überraschen dich. Aber vielleicht ist der Müller auch einfach kein gastfreundlicher Mensch oder er hat bereits schlechte Erfahrungen mit fremden Leuten gemacht.

Beharrst du auf Einlass und polterst weiter heftig gegen die Tür, damit man dir doch noch öffnet → 357

Lässt du den Müller Müller und die Windmühle Windmühle sein und beschließt, doch lieber in Melihr nach einem geeigneten Quartier zu suchen → 124

242

Ein in den Bergen lebender Riesenvogel hat euch als seine Beute auserkoren. Dieses Ungetüm stürzt sich auf euch und packt mit seinen Krallen gleich einige Zwergenkrieger. Ein brutaler Kampf steht deiner Truppe bevor, in dem du selber nicht allzu viel ausrichten kannst.

Riesenvogel T16

Gewinnst du mit deiner Zwergenarmee → 11

243

Du findest hier nichts Besonderes. Außer dem Altar und dem darauf stehenden Grünschieferdrachen gibt es hier auch nichts. Das Schwert des Priesters muss wohl in der Nische im Altar gelegen haben. Es ist aber keineswegs so gut wie deine Waffe, deshalb lässt du es liegen.

Verlässt du nun den Tempel → 111

Untersuchst du noch den Bereich mit den Kissen → 36

244

Nach einigen hundert Metern zieht in der Dunkelheit auch noch dichter Nebel auf. Dieser wird schnell immer undurchdringlicher und hüllt dich regelrecht ein, so dass du bald kaum mehr die Hand vor Augen siehst.

Möchtest du umkehren → 231

Reitest du weiter zu den Häusern, um dort nach einem Nachtquartier zu suchen → 221

245

Nachdem du Melihr und die schrecklichen Ereignisse der vergangenen Nacht hinter dir gelassen hast, bist du zwar noch etwas müde, aber entschlossener denn je, deine Mission zu erfüllen. Außerdem bist du zuversichtlich, am Abend Paz und das Zwergental zu erreichen. Doch wirft auch der neue Tag seine Schatten voraus, von denen du jetzt noch nichts ahnst. Bis zum Mittag kommst du gut voran, denn du musst fast ausschließlich durch unbewohntes Gebiet. Dein Hunger ist groß, du musst eine Mahlzeit verzehren (streichen) oder büßt 3 Punkte deiner Lebensenergie ein. In der

Einöde, die du durchreitest, triffst du auf einen Landstreicher. Dieser bittet dich um Gold oder eine Mahlzeit.

*Gibst du dem Landstreicher Gold (streiche die entspre-
chende Anzahl auf deinem Protokoll)* → 252

*Gibst du ihm eine Mahlzeit (streiche eine Portion Pro-
viant auf deinem Protokoll)* → 227

Möchtest oder kannst du ihm nichts geben → 451

246

Lies weiter bei → 27

247

»Das spielt für Eure Mission keine Rolle, ich kann auf
mich selber aufpassen. Ihr habt diesen Traumfänger
und werdet bis Lazedon von diesen bösen Träumen
verschont bleiben. Wanosch hat alles gegeben dafür.
Ich glaube an Euch.« Bevor er dir eine gute Nacht
wünscht, begleitet dich Marmod zu deinem Schlafgemach.

Lies weiter bei → 408

248

Solltest du dem Glauben an den Roten Drachen angehören, so wird dir jäh bewusst, dass sich deine Tätowierung an der rechten Hand befindet. Ansonsten hoffst du, dass dein Schwindel nicht auffliegt.

Lies weiter bei → 401

249

Du springst auf, doch einer der beiden ist schneller und erwischt dich mit einem Dolch an der Schulter. Du büßt dafür 5 Punkte deiner Lebensenergie ein und musst dich ihnen im Kampf stellen.

2 Banditen   K15   L46

Gewinnst du die ersten 5 Kampfrunden → 69

Verlierst du eine der ersten 5 Kampfrunden → 300

250

»Ist da wer?«, rufst du mehrmals in die Nacht. Doch es bleibt gespenstisch und verdächtig still. Was wird hier gespielt?

Möchtest du die Tür wieder schließen → 472

Gehst du in die Dunkelheit, um den geheimnisvollen Klopfer zu suchen → 75

251

Gespannt schnürst du das Bündel auf. In ihm befinden sich eine kleine Phiole mit einer bläulich schimmernden, aber durchsichtigen Flüssigkeit und eine Nachricht.

Sehr geehrter ...,

ich vergaß, Euch den von meinem Hofapotheker Sal'Apothekus hergestellten Heiltrank mitzugeben. Innigst hoffe ich, dass Euch mein fliegender Bote ausfindig machen konnte und Ihr den Heiltrank erhalten habt.

Marmod IV.

Der **Heiltrank** kann einmal verwendet werden (danach musst du ihn streichen) und gibt dir 25 Punkte deiner Lebensenergie zurück, wenn du ihn einnimmst. Vermerke ihn als Rucksackgegenstand, wenn du ihn mitnehmen möchtest.

Lies weiter bei → 284

252

Lies weiter bei → 109

253

Obwohl du eigentlich damit gerechnet hast, dass etwas passieren würde, durchquerst du den Kreis völlig unbehelligt.

Lies weiter bei → 25

254

Mit deinem Schwert köpfst du den Pilz. Welchen Teil davon möchtest du essen?

Den Hut → 218

Den Stiel → 418

255

Lies weiter bei → 81

256

Am frühen Morgen wachst du auf. Die vier Männer schlafen noch, du hörst sie schnarchen. Du aber beschließt, dich auf den Weg zu machen, um keine Zeit zu verlieren.

Lies weiter bei → 329

257

Mit aller Kraft und seiner ganzen Masse hält Muro das Seil, an dem du dich langsam zu der Öffnung hinablässt. Schließlich finden deine Füße Halt und du landest sicher in der Öffnung, die in den Berg hineinführt. Du schaust dich gerade genauer um, da hörst du aus einer Spalte in der Wand ein Zischen. Ein echsenartiges Wesen, das hier offenbar haust, fühlt sich durch dein Eindringen gestört. Es steht auf zwei Beinen, durch die schuppige Haut scheint es auch höchste Temperaturen auszuhalten. Aus seinen Nüstern zischt heißer Dampf und mit einem dicken Ast als Keule greift es dich an. Bist du ohne Schwert heruntergeklettert, musst du dir für diesen Kampf 5 Punkte von deiner Kampfkraft abziehen.

Vulkanechse   K11   L40

Würfle nach jeder Kampfrunde 1-mal. Bei einer 5 oder 6 trifft dich der heiße Dampf und fügt dir Verbrennungen und einen Schaden von 2 Punkten zu, den du von deiner Lebensenergie abziehen musst.

Gewinnst du → 283

258

In der einbrechenden Dämmerung reitest du an einem Acker vorbei, auf dem einsam und verlassen eine widerlich aussehende Vogelscheuche steht. In schwarze Fetzen gehüllt und mit roten Augen, jagt sie nicht nur den Vögeln Angst ein, die hier schon längst das Weite gesucht haben. In einer Hand hält sie eine Sense.

153

Willst du einen kurzen Stopp einlegen und die Vogelscheuche untersuchen → 180

Reitest du lieber weiter, ohne dich mit der Vogelscheuche abzugeben → 98

259

Lies weiter bei → 240

260

Es kommt zu einem Kampf, den ihr ohne Waffen austragt. Wer den anderen niederringt, hat gewonnen und bekommt das Dämonenschwert. Verluste an Lebensenergie gibt es bei diesem Duell nicht, und wer als Erster eine Kampfrunde gewinnt, ist der Sieger in diesem Duell.

Forjan   K14

Gewinnt Forjan → 46

Behältst du über Forjan die Oberhand → 498

Bei einem Gleichstand kommt es so lange zu einer nächsten Kampfrunde, bis schließlich ein Sieger feststeht.

261

Du betrittst einen Gang, der sich nach links und rechts bis zu einer Biegung erstreckt und von Kerzen, die in großen Leuchtern stecken, erhellt wird. Direkt vor dir hängen drei Ölgemälde, deren Titel darunterstehen. Eines heißt 'Tal der Zwerge', eines 'Porträt Kaveca' und das dritte ist abstrakt gehalten und heißt 'Thronsaal'.

Gehst du den Gang nach links → 73

Gehst du den Gang nach rechts → 134

Betrachtest du das Gemälde mit dem Titel 'Tal der Zwerge' genauer → 156

Siehst du dir das Porträt von Kaveca näher an → 299

Oder das abstrakte Gemälde → 59

262

Dank deiner Ausdauer bleibst du dem Wesen dichtauf. Plötzlich stehst du auf einer großen Lichtung, nachdem du dich durch einen dichten Busch gekämpft hast, in dem das Wesen zuvor verschwunden war. Vor dir befindet sich in fünfzig Metern Entfernung ein großes Feuer, um das sich viele Wesen versammelt haben. Derjenige, der vor dir floh, steht bei den Anderen und deutet mit dem Finger auf dich. Zwei dieser Wesen kommen auch schon auf dich zu.

Jetzt kannst du versuchen zu fliehen und dich zurück zum Pfad kämpfen → 425

Oder den Wesen entgegentreten und ihnen die Stirn bieten → 15

263

Willkommen, ehrenwerter Besucher, auf Schloss Paz, seien Sie mein Gast, und genießen Sie einen edlen Tropfen Rotwein, bevor Ihnen die Herrin des Schlosses persönlich zur Verfügung steht.

Hochachtungsvoll, Kaveca

Zwar kennst du Kaveca noch nicht persönlich, doch nach allem, was du bisher über sie weißt, klingen diese Worte wie der pure Hohn.

Untersuchst du nun den Spiegel (wenn du es noch nicht getan hast) → *295*

Verlässt du den Raum durch die andere Tür → *301*

Setzt du dich auf den Stuhl und trinkst den angebotenen Wein → *323*

264

Im Morgengrauen sitzt du vor dem geöffneten Tor des Königspalastes auf dem Rücken eines Pferdes, das man extra für dich gesattelt und bereitgestellt hat. Es ist ein wunderbarer Fuchs mit langer Mähne. Außerdem befinden sich zwei Rationen Proviant in deinem Rucksack, die man noch in den frühen Morgenstunden extra frisch für dich zubereitet hat. Nur König Marmod selber und Sal'Jil sind anwesend, als du aufbrichst. Marmod betont noch einmal, dass man alle Hoffnungen in dich setzt, und wünscht dir ein gutes Gelingen.

Danach verabschiedest du dich von den beiden und prescht voller Entschlossenheit aus Salmstadt hinaus, ohne dich mit den wenigen Menschen auf der Straße, meist Händler, die zum großen Marktplatz vor dem Königspalast unterwegs sind und ihre Karren ziehen, aufzuhalten. Dein Ziel, das Zwergental, hast du fest vor Augen und nach dem Aufwachen heute Morgen noch einmal genau die Landkarte von Salmonien studiert. Vermerke die <u>Landkarten von Salmonien und Lazedon</u> als speziellen Gegenstand auf deinem Abenteuerprotokoll, den du NICHT aus eigener Entscheidung ablegen kannst.

Der Vormittag vergeht ohne Zwischenfälle und du kommst bei gutem Wetter schnell voran, zumal du nur die nötigsten Pausen einlegst. Am späten Nachmittag bekommst du großen Hunger. Du reitest an einem kleinen Gehöft vorbei.

Willst du dich irgendwo ins Gras setzen und eine eigene Mahlzeit einnehmen → *275*

Möchtest du dich dem Gehöft nähern und auf Gastfreundschaft hoffen → *47*

Andernfalls kannst du auf eine Mahlzeit ganz verzichten und deinen Weg hungrig fortsetzen → *284*

265

Muro hat ein Seil dabei, aber willst du es wirklich riskieren, dass er dich in diese Öffnung hinablässt? Er rät dir klar von diesem Vorhaben ab.

Hörst du auf seinen Rat → *159*

Gehst du das Risiko ein → *173*

266

Völlig entkräftet wird der Zwergenkönig von seinen Untertanen in Empfang genommen und in seine Gemächer geleitet, während man dich noch feiert und bejubelt. Auch du bist mit deinen Kräften ziemlich am Ende und sehnst dich nach einem Bett. Es gibt ein etwas größeres Gästehaus, in dem du schlafen kannst. Einige Zwerge beziehen vor dem Zwergental Wache, während du dich schlafenlegst.

Lies weiter bei → *399*

267

Dankbar verneigen sie sich vor dir. Du verabschiedest dich von ihnen und setzt deinen Weg fort.

Lies weiter bei → *432*

268

Vor dir schiebt sich das große Tor zum Thronsaal mit Knarren und Ächzen zur Seite. Durch die große, nun freigewordene Öffnung blickst du hinein. Der vordere Teil reicht bis zu einem Podest, auf dessen Mitte ein riesiger schwarzer Thron steht. Dieser jedoch ist nicht in Richtung Tür ausgerichtet, du siehst auch nicht, ob jemand darin sitzt, da die Rückenlehne weit und zackig emporragt. Die hintere Wand besteht völlig aus Spiegelglas. Rechts an den Wänden befinden sich, bevor es auf den Podest geht, Vorhänge, links gelbe und rechts rote. Vorsichtig wagst du einen Schritt in den Raum hinein, Wachen siehst du keine. Erst leise, dann doch deutlich vernimmst du ein höhnisches Gelächter. »Willkommen, furchtloser Abenteurer, in Kavecas Allerheiligstem. Ich kann Euch im Spiegel sehen, tretet näher! Wann bekomme ich schon einmal Besuch hier, es waren doch bisher fast alle zu dumm, um das kleine Rätsel um die Thronsaaltür zu lösen.« Wieder dieses fiese Gelächter. »Dann sollt Ihr auch ein schönes Gastgeschenk erhalten.« Da fliegt auch schon ein Blumenstrauß über die Rückenlehne des Thrones und landet direkt vor deinen Füßen. Du zögerst noch, doch da geschieht es schon. Die Blumen verwandeln sich vor deinen Augen in Schlagen, die alle miteinander verbunden sind. Die Schlangenblumen greifen dich sofort an, mehrere Schlangenmäuler schnappen gleichzeitig nach dir.

Schlangenblumen K12 L20

Wenn du siegst → 175

269

Gerade weil du »Rot« gesagt hast, streckt sie einen Arm in Richtung der gelben Vorhänge aus und grinst dich diabolisch an. Nachdem sie mit den Fingern der ausgestreckten Hand geschnippt hat, öffnet sich der Vorhang. Drei in Knochenkettenhemden steckende Rattenmenschen treten hervor. »Greift ihn an, Wachen!« Willig, aber etwas unbeholfen kommen die Wachen mit erhobenen Knochenschwertern auf dich zu, um dich zu attackieren. Der Kampf mit ihnen ist unausweichlich.

3 Rattenkrieger   K12   L37

Behältst du die Oberhand → 273

270

Schon bald schläfst du ein, so müde bist du von den Strapazen des Tages und deiner Reise. Doch diese Nacht wirst du nicht überleben. Wieso, das wirst du auch nicht erfahren. ENDE

271

Kennst du Sird und Gatoor → 40

Trägst du das goldene Sonnenamulett um den Hals → 97

Ist beides nicht der Fall → 43

272

Der Weg führt wieder in den dichten Nadelwald hinein. Als du aus dem Gebüsch zu deiner Rechten ein Grunzen und andere Geräusche wahrnimmst, machst du dich zum Kampf bereit und zückst dein Schwert. Einige Meter vor dir stürmt ein wildgewordener Eber aus dem Unterholz. Damit er nicht dein Pferd scheu macht oder attackiert, springst du aus dem Sattel und stürzt dich auf das Ungetüm, das jetzt mit enormem

Tempo auf dich zugestürmt kommt. Du musst diesen Berserker besiegen.

Wilder Eber K12 L16

Bist du der Sieger → 128

273

Tot liegen ihre Lieblinge am Boden. Als Kaveca bemerkt, dass du die Oberhand behalten wirst, springt sie von ihrem Thron auf und hüpft herum wie Rumpelstilzchen. Dabei gräbt sie sich selbst ihre langen Fingernägel ins Gesicht. Als du dich ihr nach deinem gewonnenen Kampf zuwendest, bleibt sie auf dem Podest stehen und schreit dich rasend vor Wut an:»Das werdet Ihr noch bereuen! Jakaro!« Das letzte Wort war ein Zauber, der die Tür zum Thronsaal hinter dir in Sekundenbruchteilen verschließt. Schnurstracks dreht sie sich um, läuft auf den Spiegel zu und durch ihn hindurch. Kaveca ist verschwunden.

Möchtest du sie durch den Spiegel verfolgen → 281

Untersuchst du den Thron → 84

Suchst du nach Geheimtüren → 293

Möchtest du die noch geschlossenen Vorhänge öffnen → 306

Möchtest du den Thronsaal verlassen → 104

274

Du schwingst dich aus dem Sattel und näherst dich dem rechten Wegrand. Deinem Pferd scheint dies gar nicht zu gefallen, es bekommt Angst und wird unruhig. Gerade noch nimmst du wahr, wie sich Büsche bewegen und jemand im dichten Unterholz verschwindet.

Willst du denjenigen verfolgen → 192

Vertraust du deinem Pferd, setzt dich wieder in den Sattel und suchst nach einem möglichen Schlafplatz → 41

Oder suchst du nach dem Leuchten auf der linken Seite des Weges → 348

275

Einige hundert Meter neben dem Gehöft ist eine saftige Wiese, in die du dich müde setzt und zu dem Proviant in deinem Rucksack greifst (streiche eine Mahlzeit von deinen Rucksackgegenständen). Als du den letzten Bissen eingenommen hast, bemerkst du, dass ein größerer Vogel schon einige Zeit über dir kreist. Er lässt etwas ins Gras fallen, das einige Meter neben dir landet, und fliegt davon.

Nimmst du davon keine Notiz, sondern machst dich auf den Weg, um keine Zeit zu verlieren →284

Schaust du dir an, was der Vogel in das Gras geworfen hat → 310

276

Nachdem du dich verabschiedet hast, auch von dem mürrischen und kauzigen Gargarod, ziehst du mit deiner Truppe über den gewundenen Pfad aus dem Dorf ins Gebirge. Ihr geht im Gänsemarsch den bequemen Pfad entlang, bis der Untergrund steinig wird, ein beschwerlicher Aufstieg steht euch bevor. Einen echten Pfad gibt es ab hier nicht mehr, nur noch einzelne Felsrinnen, durch die ihr euch den Weg bahnt. Bis zum Einbruch der Nacht möchtet ihr Brems Hütte erreichen, um dort übernachten zu können. Brem ist ein alter Mann, der in den hohen Bergen lebt und mit den Zwergen freundschaftlich verbunden ist. Nach einigen Stunden habt ihr eine erste Etappe hinter euch und macht eine Pause. Du kannst von deinem Proviant essen oder büßt 3 Punkte deiner Lebensenergie ein.

Würfle 1-mal:

Ist das Ergebnis 1 oder 2 → 116

Ist es 3 oder 4 → 242

Ist es 5 oder 6 → 475

277

Du bist aufrichtig überzeugt, die richtige Entscheidung getroffen zu haben. Eine Zeit lang reitest du am Rand dieses Waldes entlang, dann dauert es noch eine gute Stunde, bis du abseits des Vulkans den Eingang in die Schlucht erreichst. Zu beiden Seiten türmen sich die Felsmassive auf. Der Eingang ist schmal, doch dann weitet sich die Schlucht zu einem etwa 200 Meter breiten Schlauch. In einigen Kilometern Entfernung siehst du schon das Dorf, zumindest einen Teil davon, denn es verschwindet hinter einer Biegung, welche die Schlucht beschreibt. Du galoppierst die ganze Zeit leicht bergab und nun direkt auf eine geschlossene Holzschranke zu, die dir den Weg versperrt. Jedoch wäre es ein Leichtes, auf die Wiese neben dem Weg auszuweichen und an der Schranke vorbeizureiten. Du könntest auch versuchen, mit deinem Pferd über die Schranke zu springen. Erst jetzt merkst du, dass rechts am Wegrand neben der Schranke eine knorrige Kreatur sitzt und gierig ihre Klaue ausstreckt.

Drosselst du dein Pferd und holst deinen Goldbeutel hervor, um einen möglichen Zoll zu zahlen → *77*

Reitest du über die Wiese an der Schranke vorbei → *405*

Springst du mit deinem Pferd über die Schranke → *86*

278

Versuchst du dies als List anzuwenden, um den Nachtschatten zu überrumpeln → *240*

Meinst du es ernst und legst als Beweis die Zauberflöte auf den Boden → *93*

279

Du rüttelst wie verrückt an den Gitterstäben, doch es ist vergeblich. Vorsichtig blickst du dich um und siehst dich mit jähem Schrecken einer Wand von Gegnern gegenüber. Kaveca ist mit Verstärkung angerückt, zahlreiche Dunkelkrieger stehen angriffsbereit zusammen mit ihr nur ein paar Meter entfernt. Kaveca lässt dich von ihren Wachen packen, gegen diese Anzahl von Gegnern bist du chancenlos. Sie selber lässt es sich nicht nehmen, schlussendlich Hand anzulegen, um dich zu töten, während sie sich daran genussvoll ergötzt. ENDE

280

Vorsichtig legst du eine Handfläche auf den Felsen, mit zugekniffenen Augen, da dich das hellgrüne Leuchten blendet. Der Schmerz lässt dich sofort deine Hand zurückziehen. Ein enormer Stoß durchzuckt erst deinen Arm, dann deinen Körper und du krümmst dich vor Schmerzen im Sattel deines Pferdes zusammen. Der Energieschock, der sich von den magisch geladenen Felsen auf dich übertragen hat, kostet dich 13 Punkte von deiner Lebensenergie. Bloß schnell weg von hier!

Wenn du noch lebst, geht es weiter bei → 312

281

Du fasst dir ein Herz und trittst ebenfalls auf die Spiegelwand zu, egal was dich dahinter erwartet. Tatsächlich gehst du hindurch und tauchst in einen Raum ein, der genauso breit wie der Thronsaal ist, aber nur knapp zwei Meter weit reicht und dort an Steinmauern endet. Vor dir im Boden führt eine Wendeltreppe in die Tiefe. Direkt daneben auf dem Steinboden tanzt ein Holzkreisel, seine bunte Bemalung kannst du erahnen. Aus der Tiefe schallt Kavecas böses Lachen zu dir hinauf.

Folgst du ihr die Stufen in die Tiefe → 461

Betrachtest du den tanzenden Kreisel näher → 197

Möchtest du durch den Spiegel zurück in den Thronsaal → 2

282

Blitzschnell springst du auf, rennst zu deinem Pferd und hechtest in den Sattel. Noch ehe dir diese Ganoven etwas anhaben können, springt dein Pferd durch das Dickicht und du galoppierst zum Weg zurück, um eine andere Bleibe für die Nacht zu suchen. Doch welche? Aufgrund der fortgeschrittenen Zeit und noch größerer Müdigkeit beschließt du, den Weg einfach geradeaus weiterzureiten, bis in den Nachtschattenforst.

Lies weiter bei → 39

283

Dein Gegner liegt tot vor deinen Füßen. Die Hitze in dieser Höhle ist trotz deiner Immunität unerträglich. In einer Nische im Fels entdeckst du einen Tontopf, in dem sich eine <u>Knochenflöte</u> und ein <u>grünes Fluorit-Mineral</u> befinden. Beides kannst du einstecken, aber nur, wenn du deinen Rucksack mitgenommen hast.

Lies weiter bei → 415

284

Hast du vorhin keine Mahlzeit zu dir genommen, musst du dir jetzt 3 Punkte von deiner Lebensenergie abziehen. Du reitest über Wiesen und an Feldern vorbei und kommst gut voran, während die Sonne langsam dem Horizont entgegensinkt und die Schatten länger werden.

Würfle 1-mal:

Ergebnis 1 → 428

Ergebnis 2 → 258

Ergebnis 3 → 155

Ergebnis 4 → 123

Ergebnis 5 → 200

Ergebnis 6 → 438

285

Der Wirt spricht ein Machtwort und bringt so die aufgebrachten Gemüter zur Ruhe und Ordnung. Er hat hier wohl das Sagen und ist das Oberhaupt der Dorfbewohner. Zwei Männern befiehlt er, die beiden Toten wegzuschaffen. »Ich kümmere mich um den Fremden«, meint er bestimmt und keiner wagt es, zu widersprechen. Du trittst weiter in den mit Menschen gefüllten Schankraum ein und auch nach dir kommen immer wieder Menschen im 'Gefüllten Krug' an. Man hat die Tische in den hinteren Teil des Raumes gebracht und seitlich auf den Boden gelegt, so dass die Tischplatten zur Tür weisen. Einige Menschen, vor allem Frauen und Kinder, kauern verängstigt dahinter. Es ist dann auch der Wirt, der dich am Ärmel packt und zur Seite zieht. Er reckt sich zu dir hinauf und meint in einer Mischung aus Flüstern und Reden:»Ihr seid wohl fremd hier. Wir aber leben hier seit über einhundert Jahren mit diesem Fluch über Melihr, den ein Dämon verhängt hat. Damals setzte er die roten Kreise in unserem Dorf, die Ihr vielleicht gesehen habt. Würde es ein Lebender auch nur wagen, einen dieser Kreise zu betreten, dann würde der Dämon um Mitternacht desselben Tages wiederkehren und alles Leben in Melihr auslöschen. Heute ist es geschehen, Ihr seid in einen der Kreise getreten. Das hat die beiden Halunken so erbost, dass sie mit Knüppeln in wilder Raserei auf euch losgingen. Aber das bringt uns jetzt nicht weiter. Wir müssen zusehen, dass wir uns verteidigen, wenn er um Mitternacht kommt.« Du musst schlucken und versicherst dem Wirt, von nichts gewusst zu haben. »Das glaube ich Euch gerne, Fremder. Trotzdem ist es jeden Abend das gleiche Spiel. Einige verrammeln sich in ihren Häusern, der Großteil der Bürger kommt in den 'Gefüllten Krug' und gemeinsam harren wir bis Mitternacht in der Angst, dass sich der Fluch erfüllt. Forjan, unser Stärkster, hält das magische Dämonenschwert, er wird uns verteidigen, falls der Dämon kommt. Heute Nacht wird sich der Fluch erfüllen und dann muss Forjan um unser aller Schicksal kämpfen.«

Möchtest du mit den anderen Leuten bis Mitternacht warten *464*

Möchtest du das Dämonenschwert, um euch um Mitternacht verteidigen zu können → *103*

Hast du einen Bannspruch gegen Dämonen und möchtest du diesen dem Wirt sagen → *494*

286

Auf halbem Weg bis zur nächsten Biegung nach rechts siehst du rechter Hand eine imposante Tür. Die Aufschrift 'Thronsaal' prangt in vergoldeten Lettern über ihr. Hier ist dein Ziel, denn wenn du Gargarod in diesem Gemäuer finden willst, musst du Kaveca stellen und sie zwingen, dich zu ihm zu führen. Doch ist die Herrin des Hauses überhaupt anwesend heute Nacht oder zieht sie gar die Vergnügungen des Lichterfestes in Paz vor? Nein, diese Hexe hat gerade Gargarod verschleppen lassen und muss einfach hier sein! Jetzt beschäftigst du dich näher mit der Tür und damit, wie du sie öffnen kannst. Auf einer Leiste in halber Höhe befinden sich fünf Schlösser. Diese sind jeweils innerhalb eines von fünf Symbolen angebracht: einem Stern, einem Kreis, einem Quadrat, einem Dreieck und einem Pentagramm. In jedem dieser Symbole befindet sich neben dem Schlüsselloch noch eine kleine eingravierte Nummer: im Stern eine 80, im Kreis eine 364, im Quadrat eine 267, im Dreieck eine 486 und im Pentagramm eine 254.

Wenn du einen Schlüssel hast, kannst du ihn in einem der Schlösser ausprobieren. Addiere die Nummer des

Schlüssels und die Nummer, die in dem entsprechenden Symbol neben dem Schlüsselloch steht, und lies im entsprechenden Abschnitt weiter.

Ansonsten musst du das Schloss weiter nach einem passenden Schlüssel durchsuchen → *327*

287

Lies weiter bei → 320

288

Dämon von Melihr (Mondkopfdämon)   K14   L60

Gewinnt der Dämon drei Kampfrunden in Folge gegen dich, lies sofort weiter bei → *68*

Siegst du, lies weiter bei → 499

289

»Das glaube ich nicht. Kaveca hat hier nur ihre furchtbaren Dunkelkrieger, niemals würde ein anständiger Mensch einen solch ehrlosen Dienst verrichten. Ich traue Euch nicht, Ihr sagt nicht die Wahrheit. Verschwindet! Verschwindet!!!« Wie zum Schutz hält sie ihre Arme vor ihren gebückten Körper und beginnt zu schluchzen. Du siehst ein, dass du hier nichts mehr ausrichten kannst, und verlässt den Raum wieder.

Lies weiter bei → *127*

290

Du kuschelst dich in die Koje und schläfst sofort ein. Wie lange du geschlafen hast, weißt du nicht, doch es ist noch hell, als du die Hütte verlässt. Du erschrickst, denn du bist nicht mehr alleine. Einige Meter vor dir siehst du eine Gestalt, die dir den Rücken zugewandt hat und scheinbar mit einer Schaufel eine Grube gräbt. Der schwarze Mantel, den sie trägt, umhüllt sie.

Warst du im 'Blinden Ochsen' ein Bier trinken → *193*

Oder nicht → *457*

291

Hastig schließt du auf und erst als die Tür geöffnet ist, drehst du dich um. Ein Haufen Dunkelkrieger stürmt den Gang entlang auf dich zu, Kaveca hat sie zur Verstärkung geholt.»Ich krieg Euch doch!«, kreischt sie hysterisch und wütend zugleich. Schnell schließt du die Zellentür von innen ab, mit deinem Schwert durchtrennst du die Kette und befreist den Zwergenkönig von seiner Fessel Bevor du überlegen kannst, wie es weitergehen soll, meint dieser:»Schnell, wir müssen durch den Geheimgang raus, durch den man mich hierhergeschafft hat, bevor uns Kaveca und ihre Gesellen in die Krallen kriegen!« An der hinteren Steinwand öffnet sich tatsächlich ein Tunnel, als Gargarod gegen eine Steinplatte drückt. Ihr stürzt in diesen hinein, als die ersten Dunkelkrieger gerade mit ihren Klauen die Gitterstäbe der Zellentür zu greifen bekommen und wie wild daran rütteln. Die Verfolger sitzen euch sicher bald im Nacken, aber ihr habt einen Vorsprung. Um euer Leben zu retten, drängt ihr vorwärts durch die Dunkelheit. Nach möglichen Verfolgern dreht ihr euch gar nicht erst um. Als Gargarod gegen eine Platte drückt, schwingt diese auf und ihr tretet beide in die dunkle Nacht hinaus.

Auf welche Marmorsteine bist du im zweiten Raum des Schlosses getreten, was hast du dir notiert?

Auf weiße und schwarze Marmorsteine → 170

Nur auf weiße Marmorsteine → 454

Nur auf schwarze Marmorsteine → 49

292

Nach einer halben Stunde ist noch immer niemand gekommen. Du bekommst Hunger und wirst müde. Jetzt musst du eine Mahlzeit essen (streiche 1 Portion Proviant) oder du büßt 3 Punkte deiner Lebensenergie ein. Nun gibt es folgende Möglichkeiten für dich:

Du wartest, bis derjenige kommt, der das Feuer entfacht hat, und kämpfst gegen die Müdigkeit an → 320

Du riskierst es, dich schlafen zu legen, obwohl wer auch immer dich entdecken könnte → 356

Du suchst dir einen anderen Schlafplatz:

Wenn du noch nicht dort gewesen bist, kannst du zum ersten Lagerfeuer reiten →198

Du kannst in das Dorf mit dem großen Friedhof reiten → 489

Zur Burg des Roten Drachen → 453

Oder in den Nachtschattenforst → 39

293

Geheimtüren gibt es im Thronsaal keine.

Möchtest du Kaveca durch den Spiegel verfolgen → 281

Falls du das Folgende noch nicht getan hast:

Untersuchst du den Thron → 84

Möchtest du die noch geschlossenen Vorhänge nun öffnen → 306

Möchtest du den Thronsaal verlassen → 104

294

Hast du ihnen die Holzschnitzerei, die einen Ochsen zeigt, der von einem Landwirt gezogen wird, gegeben → 51

War es ein anderer Gegenstand → 267

295

Ein ganz normaler Spiegel eben, wenn auch etwas schmutzig. Als du den Rahmen näher untersuchen willst, bemerkst du, dass man den Spiegel leicht abhängen kann. Dahinter befindet sich eine kleine Nische. Und in dieser liegt ein Schlüssel. Wenn du den Schlüssel mit der eingravierten Nummer 1 einstecken möchtest, vermerke ihn auf deinem Protokoll als speziellen Gegenstand (Schlüssel 1).

Wenn du es noch nicht getan hast, kannst du das Pergament lesen → 263

Oder den Raum verlassen → 301

296

Kaveca rennt auf die Tür zu, öffnet sie und verschwindet, wohin auch immer. Wenn du sie weiter verfolgen willst, musst du die Tür öffnen und den dahinterliegenden Raum betreten.

Verfolgst du weiterhin Kaveca → 94

Kehrst du um und gehst auf die Gittertür zu → 352

297

Einige der Zwerge klopfen mehrmals an die Hüttentür, doch niemand öffnet. Sie finden das seltsam, aber was möchtet ihr nun unternehmen?

Möchtest du mit deinen Leuten sofort von hier aufbre-
chen → 99

Lässt du die Gegend von deiner Mannschaft absuchen
→ 420

Soll die Tür der Hütte aufgebrochen werden → 107

298

Gatoor kann das Amulett nicht finden und meint
schließlich:»Viele Möglichkeiten gibt es ja nicht, jemand muss das Amulett entwendet haben. Und da du
hier warst, bevor wir mit dem Brennholz zurückkehr-
ten – dürfen wir einen Blick in deinen Rucksack werfen?«

Willigst du ein → 167

Schleuderst du deinen Rucksack ins Feuer → 396

Schleuderst du ihn in den Wald → 33

Ergreifst du mit deinem Rucksack die Flucht → 303

Zückst du dein Schwert, um die Männer anzugreifen
→ 385

299

Ihre pechschwarzen Haare fallen ihr glatt auf die
Schultern. Das fast kindlich wirkende Gesicht ist
hübsch, aber ungemein böse. Grelle Schminke ziert es.
Die Lippen sind blutrot und sie hat verschiedenfarbige
gezackte Linien auf der Stirn. Die Augen schauen dich

durchdringend an. Kaveca jagt dir einen Schauer über den Rücken und das alleine durch ein Porträt von ihr.

Gehst du den Gang nach links → 73

Gehst du den Gang nach rechts → 134

Betrachtest du das Bildnis, das das 'Tal der Zwerge' zeigt, genauer (falls du es noch nicht getan hast) → 156

Siehst du dir das abstrakte Gemälde näher an (wenn du dies noch nicht getan hast) → 59

300

Nachdem du nach einem gegnerischen Treffer zu Boden gegangen bist, bemerkst du zu allem Übel, dass die beiden anderen ihren Kumpanen helfen wollen und ihre Waffen ziehen. Jetzt hast du es mit vier Gegnern zu tun, zwei von vorne und die anderen stürzen in deinem Rücken auf dich zu. Dieser Übermacht von allen Seiten bist du nicht gewachsen und so ist dies dein letzter Kampf, der dein Ende bedeuten wird. ENDE

301

Du betrittst einen weiteren Raum, der dieselben Maße wie der vorherige hat. Nur ist er gänzlich unmöbliert. Gegenüber ist eine weitere Tür. Um zu dieser zu gelangen, musst du den Raum durchqueren. Der Boden ist mit weißen und schwarzen Marmorsteinen ausgelegt, die sich abwechseln, und wirkt fast wie ein übergroßes Schachbrett, auf dem nur noch die Figuren fehlen. Du bist sozusagen eine lebende Figur, die sich über dieses Schachfeld wagen muss. Unweigerlich musst du an deine Kindheit zurückdenken, in der du mit Freunden ein Spiel namens 'Feuer und Erde' gespielt hast. Dabei galten gewisse Stellen am Boden als Feuer, andere als Erde. Wer auf Feuer trat, verbrannte sozusagen und schied aus dem Spiel aus. Vielleicht gibt es auch hier 'Feuer' und 'Erde'?

Du trittst nur auf schwarze Marmorsteine → 234

Du trittst nur auf weiße Marmorsteine → 338

Du trittst sowohl auf schwarze als auch auf weiße Marmorsteine → 42

302

Dein Ärger über den Führer schwindet schnell, da dir die unerträgliche Hitze, der steile Aufstieg und die dünne, übel riechende Luft alles abverlangen. Schließlich wird es so heiß, dass deine Haut gereizt wird. Dafür und für die Strapazen verlierst du 18 Punkte deiner Lebensenergie. Verfügst du über die spezielle Eigenschaft Ausdauer, musst du dir nur 14 Punkte deiner Lebensenergie abziehen.

Fall du noch am Leben bist, lies weiter bei → 34

303

Du schnappst deinen Rucksack, lässt das Pferd stehen und rennst davon. Du hörst am Knacken der Zweige, dass die Männer die Verfolgung aufgenommen haben. Bis zum Weg sind es noch einige Meter und du hast die Verfolger im Rücken. Was du deshalb auch nicht erkennen kannst, ist, dass sie stehenbleiben und sich ihre Augen golden verfärben. Strahlen schießen aus diesen heraus, genau in deinen Rücken. Alles scheint in dir zu explodieren, nachdem die Strahlen in deinen Körper eingedrungen sind. Du bist der Macht des Sonnengottes Saah zum Opfer gefallen, mit der seine Diener ausgestattet sind. ENDE

304

Du beginnst in die Flöte zu blasen, die seltsam schrille Töne von sich gibt. Der Schatten zeigt sich davon unbeeindruckt. Er bewegt sich noch kurze Zeit auf der Felswand, ehe er verschwunden ist. Du wartest noch etwas ab und durchsuchst dann den Raum, aber von dem Schatten findet sich keine Spur mehr. Dass du ihn besiegt hast, bezweifelst du. Eine Holzpfeife hast du auch nicht gefunden. Etwas geknickt machst du dich auf den Rückweg zum Lager.

Lies weiter bei → 65

305

»Herdwick befindet sich schon länger in Lazedon. Über Wanosch erfahre ich, was er herausfindet. Ich bin überzeugt, dass er Euch bei Eurer Mission große konkrete Hilfe geben wird, um das grauenvolle Traumwesen besiegen zu können. An ihn und an Euch glaube ich fest.« Der König begleitet dich noch persönlich bis zu deinem hergerichteten Schlafgemach und wünscht dir eine gute Nacht.

Lies weiter bei → 408

306

Du ziehst an den Vorhängen, doch die sind steif wie Stein und bewegen sich keinen Millimeter.

Möchtest du Kaveca durch den Spiegel verfolgen → 281

Falls du das Folgende noch nicht getan hast:

Untersuchst du den Thron → 84

Suchst du nach Geheimtüren → 293

Möchtest du den Thronsaal verlassen → 104

307

Mehrmals pochst du kräftig gegen die massive Eichenholztür der Hütte, doch im Innern tut sich nichts.

Gibst du auf und versuchst es auf eigene Faust → 34

Pochst du weiter kräftig gegen die Tür → 382

Versuchst du, die Tür einzurennen → 96

308

Du diskutierst mit Gargarod, doch er bleibt stur und wird dir keine weiteren Männer zur Verfügung stellen.

Lies weiter bei → *276*

309

Hungrig beißt du in die Frucht. Sie schmeckt fast wie Himbeeren und ist sehr nahrhaft. Deinen Hunger kannst du stillen, des Weiteren kannst du bis zu 4 Portionen Proviant mitnehmen, indem du von den Früchten pflückst und in deinem Rucksack verstaust. Überlege dir, ob und wie viel du mitnehmen willst, denn jede Proviantration ist ein Gegenstand in deinem Rucksack und nimmt entsprechend Platz für andere Sachen weg, die du möglicherweise mitnehmen möchtest oder schon bei dir trägst.

Lies weiter bei → 328

310

Ein paar Schritte weiter wirst du fündig. Ein Lumpenbündel, mit einem Wollfaden zusammengeschnürt, liegt da im Gras.

Willst du das Bündel öffnen → *251*

Lässt du es lieber liegen und beendest deine Rast → *284*

311

Metillos bildet die Vorhut, danach kommen die übrigen Zwerge und du bildest den Abschluss. Dass auch ja keiner auf den Gedanken kommt, doch noch hinter dir einfach abzuhauen. Grimmig entschlossen machst du dich mit deiner Truppe daran, die steile Etappe zum Gipfel in Angriff zu nehmen. Während du deine Mannen mit heiserer Stimme voranpeitscht, pfeift euch ein eisiger Wind um die Ohren. Dieser ist es auch, der Wortfetzen zu dir herüberweht. Das Wort 'Irrsinn' ist es, das du häufiger vernimmst. Doch die Klagen der Zwerge lassen sehr schnell nach, zu anstrengend ist der Aufstieg, der zu einer regelrechten Klettertour wird. Einige Stunden später habt ihr den Gipfel erreicht. Also alle, die bei dem gefährlichen Aufstieg nicht abgestürzt sind, weil sie zum Beispiel auf einer vereisten Fläche abgerutscht sind. Würfle 2-mal und ziehe dir so viele Punkte von deiner Truppenstärke ab, denn so viele Zwergenkrieger sind in den Tod gestürzt. Nicht nur die Temperatur ist dort oben eisig, die Stimmung ist es auch. Die Zwerge reden mit dir kein Wort, deshalb setzt du dich, als ihr auf dem Gipfel verschnauft, zu Metillos. Metillos lobt dich für deine mutige Entscheidung und beteuert, dass es richtig gewesen sei, diesen Weg zu nehmen. Aufgrund der eisigen Kälte büßt du 5 Punkte deiner Lebensenergie ein. Wenn du nicht im Besitz der besonderen Eigenschaft Ausdauer bist, musst du wegen der Überanstrengung noch mal 5 Punkte von deiner Lebensenergie abziehen.

Wenn du noch lebst, geht es weiter bei → *456*

312

Du lässt die Schlucht und den Vulkan hinter dir. Am späten Nachmittag kommt es noch zu einem besonderen Ereignis. Würfle 1-mal:

Ist es eine 1, 2 oder 3 → *391*

Ist es eine 4, 5 oder 6 → *207*

313

Sal'Jil ist von dieser Unterbrechung nicht begeistert, doch schließlich willigt er ein, einen Blick in die verfallenen Baracken zu werfen. Er beginnt am hinteren Ende, du vorne. Der Modergeruch kommt zweifellos aus den Hütten, die vom durch die Decke eingedrungenen Regen morsch und schimmelig geworden sind. Hier lebt bestimmt kein Mensch mehr. Allerdings findest du auch sonst nichts in den meist einräumigen Holzbaracken und als ihr euch schließlich in der Mitte wieder trefft, seid ihr euch einig, dass ihr lediglich Zeit vergeudet habt. Umgehend setzt ihr euren Weg fort.

Lies weiter bei → *186*

314

Du betrittst einen Raum, der in einem dunklen Zwielicht liegt. Das einzige Fenster hat man scheinbar zugemauert. Durch das Licht des Flurs kannst du etwas sehen, nachdem du dich vorgetastet hast. Bis auf zahlreiche Bilder, die an einer Wand lehnen, ist der Raum vollkommen leer. Du bist hier in so einer Art Bilderarchiv. Spontan schnappst du dir eines der Ölgemälde und trittst auf den Flur, um es zu betrachten. Es handelt sich um das Porträt eines Mannes in mittleren Jahren. Außerdem steht etwas auf dem Rahmen: 'Freiherr Ritter Mantosch III., Gast auf Schloss Paz im Jahre 107. Zu Tode gekommen durch Kavecas Wein'. Unwillkürlich erschauderst du. Du stellst das Gemälde zurück und betrachtest noch zwei weitere Bilder. Auf ihnen ist ebenfalls eine Person porträtiert und auch hier sind eine Jahreszahl und die Todesursache auf den beschrifteten Rahmen angebracht worden. Es handelt sich um Leute, die im Schloss waren und hier teilweise grausam ermordet wurden. Als du das zuletzt betrachtete Gemälde wieder zurückgestellt hast, hörst du Schritte auf dem Flur. Verdammt, du hast die Tür offengelassen, damit du in diesem Zwielicht etwas sehen kannst. Vor dem Raum halten die Schritte kurz inne, dann fällt ein Schatten herein. Du presst dich an die Wand direkt neben der Tür, als eine große Gestalt den Raum betritt. Sie hält wohl ein Gemälde in der Hand, so weit du das erkennen kannst. Dies bestätigt sich, als sich die Person bückt und das Bild zu den anderen an die Wand lehnt.

Verhältst du dich weiter still und wartest ab, was geschieht, in der Hoffnung, dass man dich nicht bemerkt
→ 58

Gibst du dich zu erkennen → 403

Startest du aus deiner Deckung einen Überraschungs-angriff → 410

315

»Gargarod«, meint der Bedienstete schmunzelnd, »wer kennt ihn hier nicht? Ein sonderbarer Zeitge-nosse, der gerne Theater macht und seine Bequem-lichkeit liebt. Wenn Ihr ihn kennenlernen wollt, Ihr könnt ihn gar nicht verfehlen, wenn Ihr ins Zwergental aufbrecht. So, aber wir schließen jetzt.« Damit sind die Auskünfte beendet, du musst jetzt die Apotheke ver-lassen.

Lies weiter bei → 492

316

Lies weiter bei → 324

317

»Ich weiß nicht, was hier vor sich geht, und ich will es auch gar nicht wissen. Verschont mich damit, bitte! Und Ihr, seid Ihr freiwillig hier?« Du bestätigst ihr das mit einem Nicken.

Lies weiter bei → 188

318

Sie sind total aus dem Häuschen ob deiner Großzügigkeit. Überschwänglich ist ihr Dank für deine Gabe. Einer holt etwas aus dem Planwagen und meint: »Für Eure Großzügigkeit haben wir auch etwas für Euch. So wie Ihr ausseht, seid Ihr ein Abenteurer und könnt es gut gebrauchen. Dieses Horn ist kein Musikinstrument, vielmehr ist es ein Nebelhorn mit magischer Kraft. Bläst man hinein, wird man im Nu von Nebelschleiern umhüllt. Ich will doch meinen, dass dies im Kampf von besonderer Nützlichkeit sein kann. Allerdings kann man es nur einmal benutzen, danach verfliegt seine magische Wirkung.« Das Horn hängt an einem Lederriemen, so kannst du es dir einfach umhängen (notiere das magische Nebelhorn als speziellen Gegenstand). In einem mit Würfeln ausgetragenen Kampf kannst du es benutzen und dir für die Dauer dieses Kampfes 3 Punkte zu deiner Kampfkraft hinzuaddieren, da der Feind dich bei seinem Einsatz nicht genau orten kann. Danach musst du es aber von deiner Ausrüstung streichen, da es dann nutzlos und nur noch Ballast ist. Ansonsten kannst du es nur benutzen, wenn dies ausdrücklich im Text erwähnt wird. Auch hier gilt, dass du es nach einer einmaligen Anwendung von deiner Ausrüstung streichen musst, da es danach nutzlos für dich ist. Dankbar und voller Hoffnung verabschiedest du dich.

Lies weiter bei → 432

Lies weiter bei → 432

319

Nach einigen Kilometern reitest du aus dem Nadelwald heraus und kommst auf eine große Ebene, die von einem großen Strom durchquert wird, dem Paz'il, der sich aus den Bergen im Osten in den Westen wälzt. Der Weg führt von nun an parallel am Paz'il entlang in Richtung der Stadt Paz, die du bald erreichen wirst. Bald schon siehst du zu deiner Rechten Weinberge, die die Landschaft hier vornehmlich prägen. Weinbauern ziehen mit Pferde- und Ochsenkarren ihre eingefahrene Ernte in den frühen Abendstunden nach Paz. Du überholst sie, weil du mit deinem Pferd einfach schneller bist, und grüßt, meist durch eine Handbewegung. Manchmal erhältst du Grußworte zurück, wie du so einigermaßen im Reitwind noch erahnen kannst.

Paz, die Stadt des Weines, der Gilden und Zünfte, wo der Kaland noch seine guten Werke für die Allgemeinheit verrichtet. In Salmonien gibt es nur wenige größere Städte, Paz ist eine von ihnen. Auf den Straßen ist noch pulsierendes Leben, als du am frühen Abend durch die Stadt schreitest. Schließlich gelangst du auf einen riesigen Platz, den Marktplatz von Paz. Es finden hier Vorbereitungen für das große Lichterfest in dieser Nacht statt, wie dir ein Bürger erzählt, den du nach dem Weg fragst. Kurz bevor du den Platz wieder verlassen hast, entdeckst du eine Apotheke und eine Weinhandlung, die beide dein Interesse erwecken.

Möchtest du die Apotheke betreten → 484

Oder die Weinhandlung → 400

Oder willst du Paz lieber schnellstmöglich verlassen, um Gargarod im Zwergental aufzusuchen → 16

320

Es kostet dich Kraft, gegen deine bleierne Müdigkeit anzukämpfen, doch ein Knacken in den Zweigen lässt dich sofort auffahren und hellwach werden. Deine Hand befindet sich schon am Schwertknauf, als sich die Büsche zur Seite schieben und zwei Männer hervortreten. Sie sehen dich und nach einem Moment der Überraschung schauen sie dich freundlich an. In ihren Händen halten sie Brennholz, das sie zusammengesucht haben. Dir fällt auch auf, dass sie lange weiße Gewänder tragen, auf denen eine goldene Sonne eingestickt ist. Einer breitet seinen Arm aus, deutet auf das Feuer und fragt dich, ob du dich zu ihnen gesellen und mit ihnen hier übernachten möchtest.

Nimmst du die Einladung dankend an → 358

Zückst du dein Schwert und stürzt dich auf die beiden → 385

Lehnst du dankend ab und suchst nach einem anderen Quartier, dann kommen dafür folgende Möglichkeiten infrage:

Wenn du noch nicht dort gewesen bist, kannst du zum ersten Lagerfeuer reiten →198

Du kannst auch in das Dorf mit dem großen Friedhof reiten → 489

Zur Burg des Roten Drachen → 453

Oder in den Nachtschattenforst → 39

321

Du bekommst den Beutel in der Adlerklaue nicht zu fassen und hörst das grässliche Kichern, als dieses diebische Wesen auf dem Adler davonfliegt. Du bist auf eine ganz üble Bauernfängerei hereingefallen. Jetzt musst du deine Reise ohne eine einzige Goldmünze fortsetzen (aktualisiere deinen Goldbestand auf dem Abenteuerprotokoll auf 0). Du ärgerst dich über dich selber. Dass hier schon lange keine Zölle mehr erhoben werden, ist doch offensichtlich, sonst wären Soldaten hier, um diese einzutreiben. Auch den über dir kreisenden Adler hättest du bemerken müssen. Mit diesen ärgerlichen Gedanken reitest du um die Schranke herum weiter in Richtung Dorf.

Lies weiter bei → 390

322

»Dann wird Forjan auch das Schwert behalten.« Damit beendet der Wirt die Diskussion. Dir bleibt nichts anderes übrig, als mit den anderen zu warten.

Lies weiter bei → 464

323

Eigentlich ist es wahnsinnig, was du hier machst. Du trinkst seelenruhig Wein, den dir wer auch immer hingestellt hat. Dieser tollkühne Entschluss war eine fatale Entscheidung. Im Wein ist tödliches Gift und Kaveca wird ihre Freude daran haben, wenn man ihr deine Leiche zeigt. ENDE

324

Der Mann wird immer ungehaltener und schließlich packt er dich und zerrt dich über den Tisch hinweg in seine Richtung. Dabei fliegt dein Bierkrug um, so dass sich der Rest des Gerstensaftes über den Tisch und auf den Boden ergießt. Aus diesem Griff kannst du dich losreißen, doch es kommt zum Kampf. Der Mann zückt ein krummes Messer, das in einer Innentasche seiner Kutte verborgen war. Rasend vor Wut, ist er ein nicht zu unterschätzender Gegner.

Kapuzenmann K 12 L22

Ringst du ihn nieder, verlässt du das Gasthaus → 21

325

»Ich bin im Auftrag unseres Königs hier und komme in friedlicher Absicht«, vernimmst du eine Männerstimme durch die geschlossene Tür. Überzeugtheit und Entschlossenheit schwingen in ihr mit.

Öffnest du nun die Tür → 171

Fragst du weiter nach den Absichten des Besuchers → 497

326

Du willst der Sache auf den Grund gehen und pirschst dich an der Hüttenwand entlang. Viel siehst du nicht in der Dunkelheit, doch wer auch immer geklopft hat, er muss hier irgendwo sein. Nach einer guten Viertelstunde hast du immer noch keine Spur von irgendwem gefunden, aber hinter der Hütte am Waldrand warst du noch nicht.

Möchtest du lieber zurück in die Hütte → 472

Oder hinter der Hütte nachschauen → 220

327

Stundenlang durchforstest du das Gemäuer nach einem Schlüssel. Dabei begibst du dich auch eine Etage höher, nachdem du die Tür zu einem Treppenhaus aufgebrochen hast. Deine Suche ist nicht unbemerkt geblieben. Dunkelkrieger haben dich erspäht und rücken mit Verstärkung an. Als zahlreiche dieser Monster über dich herfallen, hast du keine Chance mehr. ENDE

328

Es geht schon auf den Nachmittag zu und wenn du nichts zu Mittag gegessen hast, büßt du nun 2 Punkte deiner Lebensenergie ein. Würfle jetzt 1-mal.

Würfelst du eine 1 → 473

Würfelst du eine 2 → 199

Würfelst du eine 3 → 224

Würfelst du eine 4 → 366

Würfelst du eine 5 → 206

Würfelst du eine 6 → 334

329

Dein Weg führt dich direkt in den Nachtschattenforst, den du durchqueren musst, um deine Zielroute beizubehalten.

Lies weiter bei → 106

330

An der Tür wird mit einer immensen Kraft gerüttelt, sie biegt sich gar nach außen und schließlich birst sie und die Holzsplitter fliegen nach draußen. Nicht lange dauert es, da erscheint ein grauenvolles Wesen in der nun vorhandenen Öffnung. Sein Körper ist der eines Menschen und er trägt schwarze Kleidung – doch seine rübenblauen Finger reichen bis fast auf den Boden und gleichen Tentakeln. Das Schlimmste aber ist der überproportional große kugelförmige Kopf in der Farbe des leuchtenden Mondes. In dessen Mitte liegen die winzigen Augen, die Nase und der Mund ganz eng beieinander. Es ist das blanke Grauen, der Horror, was da in die Gaststätte tritt. »Der Dämon ist gekommen«, hörst du eine flüsternde Stimme in deiner Nähe. Forjan tritt dem Wesen mit seinem Dämonenschwert zunächst mutig entgegen. Doch dann bekommt er bei dessen Anblick eine enorme Angst und lässt das Schwert fallen. In diesem Moment streckt der Dämon seinen rechten Arm in Richtung Forjan aus, lacht böse und eindringlich. Seine Klauen schießen wie Tentakel los und schließen sich um den Hals seines Opfers, das kurz darauf tot zu Boden sackt.

Versuchst du das Dämonenschwert zu greifen, das am Boden liegt → 433

Gehst du mit deinem Schwert auf den Dämon los → 141

Verschanzt dich nach dieser furchterregenden Demonstration des Dämons hinter den Tischen → 395

331

Gemeinsam betretet ihr dein Gemach. Du nimmst das Schmorgericht von der Feuerstelle und bietest ihm einen Stuhl an, sodass ihr gemeinsam am Tisch sitzen könnt. Beim gemeinsamen Essen beginnt der königliche Ritter zu erzählen.

Lies weiter bei → 165

332

Der Zwerg ist dir unendlich dankbar und ihr seid alle froh, dass dieser Zwischenfall noch einmal ein glückliches Ende genommen hat. Es ist mühsam, aber Stück für Stück kommt ihr auf auf dem Sims entlang vorwärts. Der Weg führt lange Zeit in die falsche Richtung, das heißt nach Osten, erst später macht er einen Bogen um das Bergmassiv herum. Als ihr wieder in Richtung Westen marschiert, beginnt es bereits zu dämmern. Der Weg vor euch ist noch weit.

Möchtest du deine Männer auffordern, schneller zu gehen → *142*

Bleibt ihr bei eurem Tempo → *369*

333

Lies weiter bei → *320*

334

Trotz deiner Umsicht gerätst du in den Hinterhalt zweier Banditen. Sie haben violette Haut und ungepflegte Bärte, und sie stammen aus dem Nordwesten des Landes, dort wo es diese Menschenrasse gibt. Der Kampf ist unausweichlich.

2 Wegelagerer   K14   L44

Gehst du als Gewinner aus diesem Kampf auf Leben und Tod hervor → *412*

335

Zumindest gelingt es dir, im Sprung den Beutel zu ergreifen. Der Adler lässt ihn zwar nicht fallen, aber der

Beutel geht auf, so dass es Goldstücke regnet. Die Hälfte deiner Goldstücke bekommst du dadurch zurück (bei ungerader Zahl aufrunden). Streiche die fehlenden Goldstücke aus deinem Protokoll. Du reitest um die Schranke herum.

Lies weiter bei → 390

336

Besitzt du die spezielle Eigenschaft Sprungkraft, weiter bei → 282

Ist dies nicht der Fall → 249

337

Dir kommt es vor, als ob sich der Boden unter deinen Füßen wegzieht, denn du weißt, was es mit diesem Menschen und dem Anhänger auf sich hat. Es gibt in Salmonien den Verfluchten Berg. Auf ihm soll ein unheimlicher Dämon für Angst und Schrecken sorgen, der den Beschreibungen nach dem Wesen auf dem Anhänger ähnelt. Menschen, die diesen Berg betreten haben, kamen völlig verstört und dem Wahnsinn nahe zurück und hatten ausnahmslos diesen Anhänger um den Hals. Sie waren verflucht. Erwärmt sich der Anhänger und leuchtet er auf, wenn diese Personen einen bestimmten Menschen treffen, so haben sie sieben Tage Zeit, diesen zu ermorden – andernfalls wird sich der Fluch erfüllen und der Anhänger sie erwürgen, da der Dämon Macht über diese armen Kreaturen hat.

Ablegen können sie diesen Anhänger nicht. Von nun an wirst du also von diesem Mann verfolgt werden und er wird nicht eher ruhen, bis er dich ermordet hat, um seinen eigenen grauenvollen Tod abzuwehren. Dir läuft es eiskalt den Rücken hinunter, denn von nun an bist du der Gejagte.

Lies weiter bei → 131

338

Über die weißen Felder erreichst du die gegenüberliegende Tür. Notiere dir 'weiße Felder' in deinem Abenteuerprotokoll.

Lies weiter bei → 261

339

Das Gemurre ist groß, alle sind müde und schließlich zieht auch noch etwas Nebel auf. Auch du siehst ein, dass es purer Irrsinn wäre, noch weiterzugehen. Deshalb beschließt du, dass ihr umkehrt und euch in der Felsnische ein Nachtlager errichtet. Auf dem etwas vernebelten dunklen Rückweg treten vier deiner Männer ins Leere und kommen dabei ums Leben. Streiche 4 Punkte von deiner Truppenstärke.

Lies weiter bei → 26

340

Das Schlafpulver bleibt wirkungslos, denn ein Schwefelgeist ist ein Wesen, das niemals schläft und deshalb auch nicht in Schlaf versetzt werden kann. Völlig unbeeindruckt läuft das Monster weiter auf dich zu – und durch dich hindurch. Dabei spürst du, wie alles in dir verbrennt. Der Schwefelgeist ist dir zum Verhängnis geworden, dein Tod tritt schnell ein. ENDE

341

Während du dir die Warenauslage genauer anschaust und dich von einem älteren Mann, dem das Geschäft gehört, beraten lässt, kümmert sich ein junger Bursche um dein Pferd und gibt ihm Hafer und Wasser. Nach dem Gespräch schränkst du das Angebot auf folgende Auswahl ein, die dich interessiert:

Proviantration (bis zu 5-mal vorhanden) – 1 Goldstück

Rolle Seil – 3 Goldstücke

Brocken Vulkangestein – 2 Goldstücke

violett schimmernder Stein – 3 Goldstücke

Heiltrank (1-mal anwendbar, er gibt dir 20 Punkte Lebensenergie zurück) – 3 Goldstücke

starker Heiltrank (1-mal anwendbar, er gibt dir 35 Punkte Lebensenergie zurück) – 6 Goldstücke

Medaillon mit einem Adlerbild (spezieller Gegenstand) – 7 Goldstücke

Tinte und Federkiel – 4 Goldstücke

<u>vergoldeter Armreif</u> (spezieller Gegenstand) – 8 Gold-
stücke

<u>Pfeife und Tabak</u> – 3 Goldstücke

*Besitzt du die spezielle Eigenschaft Wissen, lies kurz
weiter bei → 89, bevor du hier weiterliest!*

Wenn du etwas davon kaufen möchtest, nimm die
entsprechenden Änderungen in deinem Abenteuerprotokoll vor. Hast du die Eigenschaft Charisma und
kaufst du mindestens einen Artikel, gibt dir der Verkäufer eine <u>Proviantration</u> gratis, die du in deinem
Rucksack verstauen kannst. Dankbar, auch für die
Pflege deines Pferdes, verabschiedest du dich von dem
freundlichen Verkäufer und seinem jungen Gehilfen
und reitest weiter durchs Dorf.

Lies weiter bei → 9

342

»Auch ich glaube ganz fest an dich und dass deine Mission von Erfolg gekrönt sein wird. Der Weg ist voller
Gefahren und in Lazedon bist du sogar beim Feind,
aber du wirst das schaffen!« Mögen seine Worte auch
dem Schicksal bekannt sein, denkst du. Sal'Jil begleitet
dich noch bis zu deinem Schlafgemach und ihr verabschiedet euch mit einem festen Händedruck voneinander.

Lies weiter bei → 408

343

Wohl ist dir nicht, als du mit deiner Hand in die Schwärze tastest. Nach wenigen Sekunden befiehlt dir die Stimme, sie wieder herauszuziehen. Dann geht das Burgtor auf und aus dem Mauerwerk rechts im Torbogen tritt durch eine kleine Tür ein Wachtposten.»Es ist immer wieder ein Spaß, in diesem Steindrachen rechts über dem Burgtor zu sitzen und zu den verängstigten Menschen hinabzusprechen, die hier hin und wieder landen. Willkommen auf der Burg des Roten Drachen, Fremder. Gerne geben wir Euch Quartier für diese Nacht, vorausgesetzt, Ihr glaubt an den Roten Drachen.« Währenddessen hat dich der Wachtposten in einen riesigen, dunklen Burghof geschoben. Im Schutze der Dunkelheit haben sich euch weitere Ritter genähert, die plötzlich ihre magischen Lampen aufleuchten lassen. Ihr seid umzingelt. Erschrocken blickst du dich um.

Hattest du die linke Hand in die Luke geschoben, geht es sofort weiter bei → 248

Ansonsten:

Glaubst du an den Roten Drachen → 74

Andernfalls → 401

344

Lumelar heißt der kleine Ort, dem du dich jetzt näherst. Auf der Dorfstraße kommt dir ein großes Ferkel entgegen, auf dem drei kleine Kinder reiten. Ein

Schmunzeln kannst du nicht unterdrücken. Als du zur Rechten das einladende Gasthaus 'Zum Blinden Ochsen' siehst, denkst du über eine kleine Erfrischung nach, denn Durst hast du schon.

Machst du hier kurz Halt, um dich zu erfrischen (was aber nur möglich ist, wenn du noch Gold besitzt) → 174

Bleibst du dir gegenüber hart und lässt die Pause ausfallen → 417

345

Du verabschiedest dich vom König und wünschst ihm eine gute Nacht. Mit Sal'Jil gehst du in einen kleinen Besprechungsraum.

Bist du von Sal'Jil mit einem gelben Pulver betäubt worden → 151

Ansonsten kannst du Sal'Jil fragen, ob er einen besonderen Ratschlag für dich hat → 342

346

Du bist gerade mit dem Frühstück fertig, als ein Bediensteter an deinen Tisch tritt:»Ich hoffe, es hat gemundet. Gargarod lässt ausrichten, dass er ein Gastgeschenk wünscht, und zwar eine Flasche Wein.« Hast du eine Flasche Wein, so kannst du diese dem Diener für Gargarod mitgeben, falls du es möchtest (diese dann von deinem Protokoll streichen).»Man erwartet Euch in einer Viertelstunde auf dem großen Dorfplatz, dort werden Euch die Dorfgemeinschaft und Gargarod empfangen, um Euch die versprochenen Zwergenkrieger zur Verfügung zu stellen.«

Lies weiter bei → 239

347

Zumindest dein Durst ist gelöscht und so kämpfst du dich weiter durch diesen seltsamen Wald.

Lies weiter bei → 212

348

Tatsächlich leuchtet da etwas hell und grell durch das Strauchwerk am Wegesrand. Vorsichtig näherst du dich einem Busch und schiebst die Zweige etwas zur Seite. Du blickst erstaunt auf die hell erleuchtete Waldlichtung dahinter. Fasziniert siehst du den Reigen einiger Wesen, die wie das Mondlicht strahlen. Sie haben menschliche Konturen, aber es sind Geistwesen, die nur aus Licht zu bestehen scheinen. Sie halten sich an den Händen und bilden einen Kreis. Dabei tanzen sie beschwingt und ausgelassen. Auch die Blumenkränze auf den Häuptern der seltsamen Frauen- und Männerwesen scheinen aus reinem Licht zu bestehen.

Willst du auf die Lichtung und dich diesen Wesen nähern → 359

Ziehst du dich lieber zurück und suchst nach einem Schlafplatz → 41

Möchtest du auf der anderen Seite des Pfades nach dem Wesen oder Jungen suchen, den du meintest wahrgenommen zu haben → 82

349

Vorsichtig trittst du in das Wasser, das bis zur obersten Stufe der Treppe reicht. Auf der zweiten Stufe sind deine Knöchel bereits von Wasser umgeben. Es ist angenehm warm. Im Becken selber reicht dir das Wasser bis zur Hüfte. Du fragst dich gerade, was du hier eigentlich machst, da spürst du an deinem linken Bein einen nagenden Schmerz und siehst Blutschlieren durch das Wasser ziehen. In diesem Becken tummeln sich unsichtbare Piranhas, die mit ihren scharfen Zähnen nach dir schnappen. Sofort trittst du den Rückzug an, doch du wirst mehrere Male gebissen. Du hast einige Wunden, zum Glück aber keine schweren Verletzungen. Insgesamt büßt du 5 Punkte deiner Lebensenergie ein. Ärgerlich und durchnässt kehrst du auf den Flur zurück, um ihn weiter zu erforschen.

Lies weiter bei → 286

350

»Entweder alles oder nichts, und runterhandeln lasse ich mich auch nicht«, macht er dir barsch klar und verschränkt seine Arme vor der Brust.

Zahlst du zähneknirschend die 20 Goldmünzen → 363

Zeigst du ihm die kalte Schulter und verzichtest auf seine Dienste → 302

Greifst du ihn an → 439

351

Sal'Jil begleitet dich bis zum Gewölbe, in dem der Weissager seine Arbeit verrichtet und bereits auf dich wartet. Als du deine Hand auf den Türknauf legst, sagt er dir noch eindringlich, dass du in diesem Gewölbe nichts sprechen darfst.

In einem dunklen Gewölbe sitzt du einem geheimnisvollen Mann gegenüber. Zwischen euch sprudelt eine bläulich schimmernde Flüssigkeit aus einer Art Brunnen aus dem Boden, sie ist die einzige Lichtquelle im Raum. Der Mann, der dir gegenübersitzt, hat sich weder vorgestellt, noch sind von ihm im Zwielicht mehr als seine Umrisse zu erkennen. Seine dunkle Stimme hallt geheimnisvoll durch das Gewölbe. »Ich sehe einen Verbündeten von Euch, den Ihr im Kampf gegen das Böse in den Träumen brauchen werdet. Ohne ihn werdet Ihr Eure Mission nicht erfüllen können. Doch es ist schwierig, diesen Verbündeten auf Eure Seite zu bekommen. Man redet Euch ein, er sei böse und Ihr müsstet ihn bekämpfen. Hört nicht auf diese Stimmen, ein böser Mann und zahlreiche Irregeleitete sind es, die so reden.

Im Tempel der bösen Träume,

unendliche Weite der Räume.

Du selber hast die Macht,

besitzt du den Traumstein in der Nacht.

Steige die Stufen hinauf,

so nimmt das Schicksal seinen Lauf!

Siehst du den Schatten an der Wand,

alles liegt jetzt in seiner Hand.

Nur er kann das Böse besiegen,

er wird das Wesen aus den Träumen bekriegen.

Verzage nicht und habe Mut,

so wird am Ende alles gut – alles gut – alles gut!«

Dieses Gedicht wird dir wieder ins Gedächtnis gerufen und du bekommst eine Gänsehaut, als dir klar wird, dass es dabei vielleicht um dein eigenes Schicksal geht. Welche große Rolle ist dir zugedacht worden? Der Seher ist in eine Art Trance verfallen und redet nicht mehr.

Stiehlst du dich aus dem Gewölbe, um dich zur Ruhe legen zu können → 408

Fragst du den Weissager, wer dieser Verbündete ist, den du suchen musst → 138

Wartest du ab, ob noch etwas geschieht → 145

352

Hinter der Gittertür ist derjenige, den du suchst. Gargarod sitzt hier auf einer Pritsche, um das Fußgelenk des Zwergenkönigs ist eine Metallfessel gebunden, die mittels einer Kette an einem Metallring in der Wand verankert ist. Du rüttelst an der Tür und den Stäben, doch du bekommst sie nicht auf, sie ist abgeschlossen. Plötzlich wird es laut auf dem Gang.

Hast du einen Bronzeschlüssel→ 291

Ist dies nicht der Fall → 279

353

Tot liegen die beiden Flugbestien auf dem Boden, du bist dir sicher, dass auch sie von ihren Artgenossen bald verzehrt werden. Zum Glück sind die anderen zu sehr mit ihrer Beute beschäftigt, so dass du schnell die Flucht antreten kannst. Verfolgt wirst du nicht. Auf halbem Wege kommt dir auch schon Sal'Jil entgegengerannt:»Was sollte das, du hast dich nur selber in Gefahr und Schwierigkeiten gebracht.« Schleunigst setzt ihr euren Weg fort.

Lies weiter bei → 186

354

Völlig unbeeindruckt läuft dieses Monster weiter auf dich zu und − durch dich hindurch. Dabei spürst du, wie alles in dir verbrennt. Der Schwefelgeist ist dir zum Verhängnis geworden, dein Tod tritt schnell ein. ENDE

355

Mit deinem überraschenden Vorstoß haben sie nicht gerechnet. Du spornst dein Pferd an und dessen Vorderhufe schleudern eines der kriegerischen Wesen gegen einen Felsen. Während dieses Manövers musst du aus dem Sattel springen. Während dein Pferd einen Gegner zertrampelt, musst du dich dem anderen Dunkelkrieger stellen, der dich mit seinem Dreizack angreift.

Dunkelkrieger K13 L24

Gewinnst du diesen Kampf → 55

356

Ganz schön riskant, was du machst, aber deine Müdigkeit ist so groß, dass du sofort einschläfst, nachdem du dich bequem hingelegt hast und die Wärme des Feuers dich durchdringt. Am nächsten Morgen wachst du erholt auf. Das Feuer ist längst erloschen. Die beiden Rucksäcke, die gestern noch dort lagen, sind fort. Du schaust nach deinen Besitztümern und deinem Pferd, doch alles ist noch da und unversehrt. Mit einem mulmigen Gefühl machst du dich wieder auf den Weg, ohne zu wissen, wer dich hier schlafend vorgefunden hat.

Lies weiter bei → 329

357

Nach einer guten Minute passiert es. Weißes Pulver regnet auf dich herab und hüllt dich ein. Du beginnst zu husten, da der Mehlstaub auch in deine Bronchien eingedrungen ist. Der Müller hat oben im Lagerraum der Mühle einen Sack Mehl aus dem geöffneten Fenster auf dich herabgeschüttet. Während du wie ein begossener Pudel dastehst, hörst du das schallende Gelächter des Mannes herabdonnern. Du siehst ein, dass du hier nichts mehr ausrichten kannst, und klopfst dir das Mehl so weit es geht von deiner Kleidung. Noch bevor du dein Pferd erreicht hast, bemerkst du einen Trupp heranwachsender jugendlicher Burschen, die aus dem Dorf auf dich zukommen. Sie halten Steine in den Händen, einer sogar einen Bogen. Aus einiger Entfernung brüllen sie dir entgegen: »Verschwinde!« Und schon fliegen Steine und ein Pfeil in deine Richtung. Einer der Steine trifft dich in Brusthöhe und der Pfeil am linken Bein. Zum Glück ist es nur ein angespitzter Stock aus eigener Handarbeit. Deine Verletzungen sind deshalb nur leicht, doch du büßt 2 Punkte deiner Lebensenergie ein. Bevor du die Verfolgung aufnehmen kannst, sind die Jungen auch schon davongerannt. Sie haben ordentlich Vorsprung und du siehst ein, dass es zwecklos ist, sie zu verfolgen. Stattdessen reitest du lieber nach Melihr, um nach einem Nachtquartier Ausschau zu halten. Nach diesem Empfang durch den Müller und den aggressiven Trupp Halbstarker bist du dir nicht mehr so sicher, ob man dich dort freundlich aufnehmen wird.

Lies weiter bei → 124

358

Ihr setzt euch gemeinsam ans Feuer.

Hast du das Medaillon mit der goldenen Sonne umhängen → *385*

Befindet es sich in deinem Rucksack → *10*

Weder noch → *423*

359

Die Wesen scheinen dich erblickt zu haben, zwar hörst du ihre Stimmen nicht, aber du nimmst sie als Gedanken in deinem Kopf wahr. Ihren Tanz setzen sie unterdessen wild und unbeschwert fort. »Komm, tanze mit uns, tritt ein in den Kreis!«, wirst du einladend aufgefordert.

Jetzt kannst du der Aufforderung nachkommen und in den Kreis dieser Lichtgestalten eintreten → *56*

Ist dir das zu riskant oder möchtest du es einfach nicht, so kannst du nach einem Schlafplatz suchen → *41*

Oder möchtest du nach dem Jungen beziehungsweise dem Wesen suchen, das du rechts vom Pfad als Schemen erkannt zu haben meintest → *82*

360

An der Tür wird mit einer immensen Kraft gerüttelt, sie biegt sich gar nach außen und schließlich birst sie. Die Holzsplitter fliegen nach draußen in die Nacht. Nicht lange dauert es, da erscheint ein grauenvolles Wesen in der nun vorhandenen Öffnung. Er hat den Körper eines Menschen und trägt schwarze Kleidung, doch die rübenblauen Finger, die Tentakeln gleichen, reichen bis fast auf den Boden. Das Schlimmste aber ist der überproportional große, kugelförmige Kopf in der Farbe des leuchtenden Mondes. In dessen Mitte liegen die winzigen Augen, die Nase und der Mund ganz eng beieinander. Es ist das blanke Grauen, der Horror, was da in die Gaststätte tritt. »Der Dämon ist gekommen«, hörst du eine flüsternde Stimme in deiner Nähe. Forjan tritt dem Wesen mit seinem Dämonenschwert zunächst mutig entgegen. Doch dann bekommt er eine enorme Angst und lässt das Schwert fallen. In diesem Moment streckt der Dämon seinen rechten Arm in Richtung Forjan aus, lacht böse und eindringlich und seine Finger schießen wie Tentakel los und schließen sich mehrmals um den Hals seines Opfers, das kurz darauf zu Boden sackt. Forjan liegt tot auf dem Boden. Während der Dämon den einen Tentakel von seinem Opfer löst, greift er sich mit dem anderen das Dämonenschwert und schleudert es ins Freie. Sofort bricht Panik und Entsetzen aus. In dem Durcheinander versuchen einige hinauszustürzen, doch der Dämon ist schneller. Mit einem seiner Tentakel malt er einen roten Kreis vor die Tür. Als der Erste hineintritt, steht er unmittelbar danach lichterloh in Flammen, er wird zur lebenden Fackel. Du hast also nur noch die Wahl zwischen den Optionen, vom Dämon von Melihr erwürgt zu werden oder als lebende Fackel zu verbrennen.

Dein Abenteuer aber endet in jedem Fall auf grauenvolle Weise. ENDE

361

Der Pilz schmeckt nicht nur ausgezeichnet, er ist auch nahrhaft und verfügt über heilende Wirkung. Du erhältst 12 Punkte deiner Lebensenergie zurück. Außerdem kannst du eine weitere Portion pflücken (gelbe Pilze) und mitnehmen. Wann immer du sie einnimmst, erhältst du 12 Punkte deiner Lebensenergie zurück. Gestärkt machst du dich wieder auf den Weg.

Lies weiter bei → *413*

362

Interessiert lauschen sie deinen Erzählungen, bevor ihr euch satt und müde hinlegt, um zu schlafen. Dass dies ein Fehler gewesen war, wirst du nicht mehr merken. Bei diesen vier Männern handelt es sich um Banditen, die die Lande durchstreifen und durch Räubereien unsicher machen. Sie halten dich wirklich für einen Kaufmann und einer bleibt wach. Nachdem er dich totgeschlagen hat, freuen sich die Räuber am nächsten Morgen über ihre Beute. Dein Abenteuer endet aber so grässlich an dieser Stelle. ENDE

363

Streiche die 20 Goldmünzen auf deinem Protokoll. Der Hüne lässt dich eintreten und du legst dich auf eine Liege, zu der er dich führt. Fachmännisch wirst du von ihm eingerieben, du spürst, wie die Tinktur in deine Haut einzieht. Schließlich bekommst du etwas von dem Zauberpuder auf den Rücken gestreut, dieser wird dann mit einem Pinsel verrieben.»So, jetzt bist du gerüstet und wir können los.«

Lies weiter bei → *64*

364

Du drückst den gelben Knopf und hörst ein Klicken, in der linken Armlehne geht ein kleines Fach auf. Darin liegt ein <u>Bronzeschlüssel</u>, den du als speziellen Gegenstand mitnehmen kannst.

Möchtest du Kaveca durch den Spiegel verfolgen
→ *281*

Falls du das Folgende noch nicht getan hast:

Suchst du nach Geheimtüren → *293*

Möchtest du die noch nicht geöffneten Vorhänge nun öffnen→ *306*

Möchtest du den Thronsaal verlassen → *104*

365

Lies weiter bei → *81*

366

Auf dem Boden liegt ein <u>kleiner Handspiegel</u>, doch du siehst niemanden, dem er gehören könnte. Wenn du möchtest, kannst du ihn einstecken und in deinem Rucksack verstauen.

Lies weiter bei → 412

367

Die Raufbolde haben schon um diese Zeit zu viel gebechert und fassen es als Provokation auf, dass du dich zu ihnen gesellst. Mit Worten ist ihnen nicht mehr beizukommen und schließlich entbrennt eine wüste Kneipenschlägerei, in der es sogar um Leben und Tod geht. Die anderen Gäste und der Wirt halten sich heraus.

3 Raufbolde   K13   L43

Besiegst du sie alle, verlässt du das Gasthaus → 21

368

Auf alles gefasst, springt der königliche Ritter zurück und landet etwas tiefer auf einer der Treppenstufen. »Ich bin im Auftrag unseres Königs hier und komme in friedlicher Absicht«, entgegnet er betont selbstbewusst. Um seine friedfertigen Absichten zu unterstreichen, hebt er seine Hände.

Gewährst du ihm nun den gewünschten Einlass → 331

Verfolgst du ihn die Treppe hinab, um ihn weiter zu at-
tackieren → 132

Hältst du ihn auf Distanz, um ihn über seine Absichten
zu befragen → 421

369

Eine gute Stunde später ist es bereits stockdunkel, sodass ihr euch mit angezündeten Laternen noch vor-
sichtiger über den Felssims kämpfen müsst. In der
Dunkelheit ist jeder Schritt sorgfältig abzuwägen.
Doch die Zwerge kennen sich hier gut aus und sind einigermaßen sicher auf diesem Weg. Schließlich gibt es
auf der linken Seite eine Einbuchtung in den Berg, die
Nische bietet Platz, um sich dort schlafen zu legen. Die
Zwerge meinen auch, dass ihr unbedingt hier ruhen
solltet, da es zu gefährlich sei, in der Dunkelheit wei-
terzulaufen.

Willigst du ein → 26

Bestehst du darauf, dass ihr weitermarschiert → 339

370

Dank deiner enormen Sprungkraft gelingt es dir, den
Beutel zu ergreifen und ihn der Adlerklaue zu entrei-
ßen. Der Adler fliegt mit dem diebischen Wesen davon. Du jedoch reitest um die Schranke herum.

Lies weiter bei → 390

371

Bist du vorhin durch den roten Kreis geritten → 158

Hast du einen Bogen darum gemacht → 496

372

Du bist noch nicht weit gekommen mit deinen Erzählungen, da merkst du, dass dir die Männer kein Wort glauben. Sie lachen und machen sich sogar über dich lustig, aber bald sind sie so müde, dass sie einschlafen. Auch du legst dich hin und schläfst sofort ein.

Lies weiter bei → 256

373

Du öffnest, doch lediglich die Schwärze der Nacht gähnt dir entgegen. Vorsichtig lugst du nach rechts und links, doch niemand ist da zu sehen.

Möchtest du nach dem nächtlichen Klopfer rufen → 250

Schließt du die Tür wieder → 472

374

Verfügst du über die spezielle Eigenschaft Sprungkraft → 118

Oder ist dies nicht der Fall → 110

375

Vom Weg aus suchst du nach dem zweiten Feuerschein, den du vom Hügelkamm aus gesehen hast. Nach einiger Zeit siehst du ihn schwach im Wald flackern. Dein Pferd am Zügel haltend, näherst du dich vorsichtig der Stelle, an der das Feuer brennt. Durch eine kleine Schneise im Dickicht hindurch erkennst du den Feuerplatz, aber es ist weit und breit niemand zu sehen. Vorsichtig trittst du durchs Dickicht und näherst dich dem Feuer. Niemand hält sich momentan dort auf. Nachdem du dein Pferd abgestellt hast, fällt dein Blick auf zwei Rucksäcke, die ein paar Meter vom Feuer entfernt liegen. Was machst du?

Setzt du dich ans Feuer und wartest ab, ob jemand kommt → 292

Nutzt du die Gelegenheit, um einen Blick in die Rucksäcke zu werfen → 211

Ziehst du es vor, dir einen anderen Schlafplatz zu suchen?

Wenn du noch nicht dort gewesen bist, kannst du es beim ersten Lagerfeuer probieren → 198

Oder im Dorf mit dem riesigen Friedhof → 489

In der Burg des Roten Drachen → 453

Im Nachtschattenforst → 39

376

Vorsichtig dringst du in die dunkle Öffnung ein und trittst bald schon in einen kurzen, von Fackeln erhellten Gang. An dessen Ende angelangt, siehst du einen größeren Raum vor dir. Er wird vom Schein grün leuchtender Fackeln erhellt. Ein ebenfalls grüner Teppich führt zu einem Podest, auf dem ein Altar steht. Auf diesem sitzt ein Drache, der wie die am Treppenende aus Grünschiefer besteht. Rechts und links des Teppichs liegen Kissen auf dem Boden. Ist dies eine Art Gebetsraum? Plötzlich schallt eine Stimme durch die Halle:»Tretet näher!« Hinter dem Altar steht jemand.

Kommst du der Aufforderung nach → *480*

Möchtest du den Tempel verlassen und die Treppe wieder hinabsteigen → *427*

377

Wie aus dem Nichts dringen seine Worte durch die Dunkelheit zu dir, gebrochen und beschwörend zugleich:»Verschwindet, Fremder, von diesem unseligen Ort. Ich bin Arlor, ein alter Mann, der sein Brot damit verdient, dass er die Leichen der verstorbenen Menschen zu diesem grauenvollen Friedhof schafft und begräbt.« Wie zur Demonstration hebt er eine Schaufel von seinem Holzkarren.»Irgendwann werde ich keine Kraft mehr haben und tot umfallen. Heute habe ich zwei Verstorbene begraben. Wenn ich es noch schaffe, werde ich auf der Burg des Roten Drachen nächtigen.« Die letzten Worte bringt er nur mühsam hervor und stützt sich dabei auf seinen Karren.»Verschwindet, solange Ihr es noch könnt!« Das kann er gerade noch sagen, bevor er zusammensackt. Schnell beugst du dich über ihn, um ihm zu helfen, doch dieser alte Mann ist gerade völlig entkräftet gestorben.

Willst du dich trotzdem in Richtung dieses unheimlichen Dorfes begeben und die Warnungen des gerade verstorbenen und vielleicht wirren alten Mannes in den Wind schlagen → 244

Ansonsten kannst du umkehren und aufgrund der fortgeschrittenen Stunde an der Weggabelung direkt in den Nachtschattenforst einbiegen → 39

378

Schon nach wenigen Metern merkst du, wie beschwerlich es ist. Die Hitze wird größer, die Luft dünner und es stinkt immer mehr nach Schwefel und anderen Gasen. Das Ganze entwickelt sich zu einem extremen Aufstieg und du merkst, dass du das alles enorm unterschätzt hast. Der Schweiß läuft in Strömen an dir herab, du hast höllischen Durst und fühlst dich nicht gut.

Möchtest du doch noch einmal zurück zur Blockhütte, um dir Hilfe zu holen → 236

Oder willst du deinen Aufstieg weiter fortsetzen → 182

379

Streiche den <u>violett schimmernden Stein</u>. Dieser landet direkt vor der Frau. Alles blickt gebannt auf, denn aus dem Stein kommen violette Strahlen, die auf zauberhafte Weise im Nu die Frau von ihren Fesseln befreien. Eine in derselben Farbe schimmernde Aura umgibt sie, als sie langsam aus dem Haufen hervortritt. Sie streckt ihre Hand in Richtung des Fackelträgers und seiner zwei Begleiter aus und sofort schießt ein violetter Blitz aus ihren Fingerspitzen auf diese drei Männer zu. Eine gleichfarbige Linie umhüllt alle drei, ein elektrisches Knacken ist aus diesem seltsamen Käfig, in dem sich diese Männer jetzt befinden, zu hören. Dieser ist nach wenigen Sekunden wieder verschwunden und zurück bleiben drei Häufchen Asche. Die Menge bekommt es mit der nackten Angst zu tun, niemand wagt es, der Frau entgegenzutreten. Die kommt direkt auf dich zu und deutet mit ausgestreckter Hand auf die Menge: »Macht Platz oder ihr werdet es bereuen!« Verängstigt weichen die vorher noch keifenden Menschen zurück, man macht eine Gasse frei, durch die du mit der Zauberin hindurchgehst. Niemand wagt es, euch anzugreifen, und als ihr vorbeischreitet, weichen alle ängstlich noch weiter zurück. Gemeinsam verlasst ihr den Platz. Über einen Schleichweg führt dich die Zauberin zu ihrem Haus, das abseits am anderen Dorfrand steht, schon nahe den Bergen. »Wie kann ich Euch danken, fremder Retter? Mit Gold oder einem Bannspruch gegen einen Dämonen?«

Möchtest du das Gold → 468

Möchtest du den Bannspruch → 493

Oder meinst du, dass es selbstverständlich gewesen sei, zu helfen, und möchtest nichts dafür bekommen
→ 57

380

Lies weiter bei → 409

381

Etwas Nebel umhüllt dich, doch das Wesen läuft unbeeindruckt weiter auf euch zu.

Was dann passiert, erfährst du bei → 172

382

Du willst gerade aufgeben, da hörst du schlurfende Schritte und die Tür wird geöffnet. Verschlafen blickt dich ein kräftiger Hüne mit nacktem, gebräuntem Oberkörper und schwarzem Vollbart an: »Entschuldigung, ich habe gerade einen Mittagsschlaf gehalten, hier bei diesem Klima schlafe ich auch mittags einige Stunden tief und fest und höre dann nicht, wenn jemand anklopft. Womit kann ich dir dienen?« Du erklärst dem Vulkanführer, dass du mit seiner Hilfe über den Vulkan klettern willst. »Gut, dann kommen wir zum Geschäftlichen, das macht 20 Goldstücke.« Du protestierst und weist ihn darauf hin, dass auf dem Schild von 10 Goldmünzen die Rede ist. »Richtig, das ist für meine Dienste als Führer. Aber du benötigst daneben noch, dass dein Körper mit einer speziellen Tinktur eingerieben wird, um der Hitze trotzen zu können. Außerdem muss ich dich mit magisch aufgeladenem Zauberpuder benetzen, damit du gegen die Schwefelgeister, die dort oben hausen und dich leicht vernichten können, immun bist.« Du weißt nicht so recht, was du davon halten sollst und ob du hier nicht gehörig über den Tisch gezogen wirst.

Zahlst du wohl oder übel die 20 Goldmünzen → 363

Möchtest du den Preis runterhandeln → 422

Möchtest du auf die Tinktur und den Puder verzichten und nur die Führerdienste für 10 Goldstücke in Anspruch nehmen → 350

Willst du die Dienste dieses unverschämten Mannes nicht annehmen und auf eigene Faust über den Vulkan → 302

Beschließt du, den Mann anzugreifen → 439

383

So schnell wie möglich hastest du hinaus, das riecht dir zu sehr nach Falle. Doch draußen stolperst du über einige der Bälle und fällst zudem noch auf weitere von ihnen. Sie rauben dir Lebensenergie, würfle 3-mal, denn so viele Bälle hast du berührt. Für jeden berührten Ball musst du dir 3 Punkte von deiner Lebensenergie abziehen.

Wenn du noch lebst, besteigst du dein Pferd und setzt deinen Weg fort → 202

Die Zwerge weichen ängstlich und misstrauisch zurück und beginnen zu tuscheln, als du das Medaillon an dich nimmst und es dir überstreifst. Vermerke das <u>Medaillon vom Verfluchten Berg</u> in deinem Protokoll als speziellen Gegenstand, den du NICHT mehr selber ablegen kannst. Es hängt von nun an ständig um deinen Hals.

Lies weiter bei → 48*

Was nun geschieht, ist unheimlich, es kommt so schnell, wie es auch vorbei ist. Die Augen der beiden Männer verfärben sich im Nu golden und sind starr auf dich gerichtet. Du bekommst eine Gänsehaut, als goldene Strahlen aus den Augen schießen und in deine Brust eindringen. Alles in dir birst und der Tod tritt schnell ein. Dein Abenteuer ist hiermit zu Ende. ENDE

»Ich hasse Kaveca und hoffe, Ihr werdet sie dorthin befördern, wo sie hingehört. Solange sie lebt, friste ich hier ein elendes Leben. Fliehen kann ich nicht, die Dunkelkrieger würden mich sofort fassen und das wäre dann mein Ende. So kann ich wenigstens das tun, was ich am meisten liebe, nämlich malen. Ich weiß nicht viel über sie. Nachdem sie mich damals vor die Wahl gestellt hatte, zu sterben oder für sie zu malen, habe ich sie nur noch einmal gesehen, nämlich als ich sie porträtierte. Ich bin fast nur in meinem Atelier, mein Essen stellt man mir vor die Tür. Nur um die fertigen Bilder hierherzuschaffen, verlasse ich das Atelier.«

Wünscht du ihm nun alles Gute und verlässt den Raum
→ 495

Wenn du es noch nicht getan hast, kannst du ihn noch nach dem Bild befragen, das er gerade hereingebracht hat → 88

387

Mit einem gekonnten Sprung hechtest du zur Seite und schlägst eine Rolle hangabwärts. Der Spaten landet im Rasen und bohrt sich in den Untergrund. Der Fremde indes besteigt ein Pferd, mit dem er scheinbar auch gekommen ist, und reitet den Weg in die Richtung, aus der du gekommen bist, davon. Schnell machst auch du dich auf deinen Weg in die entgegengesetzte Richtung.

Lies weiter bei → 272

388

Etwa zwanzig Personen sitzen um das große Lagerfeuer. Am Rande der Lichtung stehen die Zelte, in denen diese Waldbewohner leben. Der Häuptling ist ein großgewachsener Mann, der einen Talisman um den Hals hängen hat und in bunte Gewänder gehüllt ist. »Es kommt so gut wie nie vor, dass sich jemand zu uns verirrt. Wenn jemand den Forst durchschreitet, dann bei Tag.« Du isst zusammen mit den bescheidenen und gastfreundlichen Waldmenschen und je länger ihr euch unterhaltet, desto mehr erfährst du über die Sorgen dieser Menschen. Schließlich bricht der Häuptling das bedrückende Schweigen im Lager: »Es ist der Nachtschatten, der uns Sorgen bereitet. Er ist auch der Namensgeber für diesen unheilvollen düsteren Forst. Wir fürchten ihn, denn er haust im Forst nicht weit von unserem Lager entfernt in einer Höhle. Die Zauberflöte, die wir besitzen, kann ihn für immer beseitigen. Doch niemand von uns traut sich, diesen Schrecken in seiner Höhle aufzusuchen und ihn mit der Flöte zu bannen. Somit leben wir weiterhin in Angst und Ungewissheit, wer weiß schon, wie lange dieser Feind noch warten wird, bis er hier eines Nachts zuschlägt und uns alle vernichtet. Ob uns die Flöte dabei hilft, ihn vom Lager fernzuhalten, wir wissen es nicht, aber wir glauben, dass dies der einzige Grund ist, weshalb er uns noch nicht angegriffen hat.« Gespannt lauschst du den im Feuerschein gesprochenen Worten, alle sitzen sie um dich und den Häuptling herum. Einer der Waldbewohner geht zu einem Zelt, um kurz darauf wieder mit einem Gegenstand in der Hand zu erscheinen: der sogenannten Zauberflöte. »Fremder, habt Ihr den Mut, den Nachtschatten zu besiegen und uns Frieden zu bescheren?«

Nimmst du die Flöte und erklärst den Waldbewohnern, dass du den Nachtschatten bekämpfen wirst → 146

Lehnst du den Auftrag ab und bittest darum, dich zur Ruhe legen zu können → 469

Lehnst du ab, willst aber lieber zu deinem Pferd zurück und nach einem anderen Schlafplatz Ausschau halten → 54

389

Dir bleibt fast das Herz stehen, als aus den anderen fünf Feldern magische Flammen emporschießen. Doch vor dir geht das Schlosstor auf.

Lies weiter bei → 441

390

Schon bald erreichst du die ersten Häuser, die sich bis an die Felsen zu beiden Seiten der Schlucht drängen. Der Weg schlängelt sich durch das Dorf, immer wieder zweigen Gassen davon ab. Ein etwas größerer Laden, der mit verschiedener Ausrüstung wirbt, fällt dir auf.

Betrittst du den Laden → 341

Setzt du deinen Weg lieber fort → 9

391

Verfügst du über die spezielle Eigenschaft der Kräuterkunde, so entdeckst du <u>Heilkräuter</u>, welche dir, wenn du sie anwendest, einmalig 20 Punkte deiner Lebensenergie zurückgeben. Dies kannst du sofort tun oder später, in letzterem Fall steckst du die Heilkräuter in deinen Rucksack. Ohne diese spezielle Gabe wirst du nicht auf diese Kräuter aufmerksam.

Lies weiter bei → 3

392

Du machst Gargarod klar, um was es bei deiner Mission geht. Und erinnerst ihn daran, dass er ein Verbündeter von König Marmod ist. Dies machst du so geschickt, dass dir Gargarod zähneknirschend 5 weitere Krieger bewilligt. Deine Truppenstärke erhöht sich damit um 5.

Lies weiter bei → 276

393

Es beginnt eine wilde Jagd durch das Unterholz, wobei derjenige, der vor dir flieht, sich bestens zurechtzufinden scheint, indem er sich sehr wendig durch den Forst windet. Es fällt dir schwer, ihn nicht aus den Augen zu verlieren, die Dunkelheit ist für dich ein größeres Hindernis als für ihn.

Besitzt du die spezielle Eigenschaft der Ausdauer → 262

Ist dies nicht der Fall → 184

394

Du kannst die Tür problemlos öffnen und betrittst eine Kammer. In dieser stehen einige Holzschränke sowie rechts ein Holztisch und ein Stuhl, auf dem eine alte Frau sitzt. Sie ist komplett in eine dunkelblaue Kutte gehüllt, die Kapuze ist zurückgeschlagen. Während sie sich am letzten Bissen eines Apfels, den sie gerade isst, fast verschluckt, blickt sie dich ungläubig an.

Möchtest du sie ansprechen → 426

Oder willst du lieber wieder die Tür schließen und verschwinden → 127

395

Forjan liegt tot auf dem Boden. Während der Dämon den Tentakel von seinem Opfer löst, greift er sich mit dem anderen das Dämonenschwert und schleudert es ins Freie. Sofort bricht Panik und Entsetzen aus. In dem Durcheinander versuchen einige hinauszustürzen, doch der Dämon ist schneller. Mit einem seiner Tentakel malt er einen roten Kreis vor die Tür. Als der Erste hineintritt, geht dieser unmittelbar lichterloh in Flammen auf, er wird zur lebenden Fackel. Du hast nur noch die Wahl zwischen den Optionen, vom Dämon von Melihr erwürgt zu werden oder als lebende Fackel zu verbrennen. Dein Abenteuer aber endet hier in jedem Fall auf grauenvolle Weise. ENDE

396

Alle Augen sind auf das Feuer gerichtet, in dem der Rucksack und sein Inhalt verbrennen. Nicht jedoch das goldene Sonnenamulett, das geradezu aus dem Feuer herauszustrahlen scheint. Entsetzt blickst du die beiden Männer an und überlegst, was du tun sollst.

Lies weiter bei → *385*

397

Der Ork stürzt tot von seinem Wolf. Dieser verschwindet schnell wieder im Gehölz, nachdem er seinen Herrn verloren hat. Du aber beschließt, weiterzureiten.

Weiter geht es bei → *98*

398

Das Wasser ist kühl und enorm erfrischend. Gestärkt willst du deinen Weg fortsetzen, da taucht ein Schatten vor dir auf, den du im Tümpel wahrnimmst. Erschrocken drehst du dich um und stehst einer Art Mönch gegenüber. Sein Gesicht ist in eine dunkelbraune Kutte gehüllt, sodass du kaum etwas davon siehst. Wahrscheinlich ist er der Hüter dieser heiligen Quelle, denn seine Reaktion dir gegenüber fällt sehr grausam aus. Er nimmt eine silberne Kette von seinem Hals und beginnt dich damit zu würgen. Erschrocken

versuchst du dich aus diesem Griff zu befreien und bekommst Panik, zu ersticken. Doch so schnell wie dieser
Spuk begann, ist er auch schon wieder vorbei und dieser geheimnisvolle Mönch verschwindet so schnell
wieder im Nichts, wie er aufgetaucht ist. Du jedoch
liegst nach Luft japsend am Boden. Dieser Angriff mit
der magischen Kette kostet dich 30 Punkte deiner Lebensenergie und außerdem 1 Punkt deiner Kampfkraft. Du verfluchst dein unvorsichtiges Vorgehen und
setzt deinen Weg fort, nachdem du dich aufgerappelt
hast.

Lies weiter bei → 347

399

Frisch ausgeruht, wachst du morgens auf. Einige
Zwerge holen dich ab, um dich zum Frühstück mit dem
Zwergenkönig zu bringen. Man hat im Freien eine
große Tafel aufgebaut, damit du dich nicht in die kleinen Hütten bücken musst. Du sitzt dort alleine mit
Gargarod und ihm direkt gegenüber. Nach der Befrei-
ung gestern Nacht hattest du mit ihm kein Wort mehr
wechseln können. Du bist völlig perplex, als Gargarod
dich aufbrausend anfährt:»Das hatte ja ganz schön ge-
dauert, bis du mich aus diesem fürchterlichen Verlies
befreit hast. Ich hätte sterben können.« Dir fällt die
Kinnlade bis fast auf den Tisch, das, was dir Gargarod
da entgegenschleudert, ist gelinde gesagt eine Unver-
schämtheit.

Möchtest du Gargarod deshalb zurechtweisen → 191

Schluckst du den Ärger hinunter und wartest mit ihm zusammen auf das Frühstück → 424

400

Du betrittst einen abgedunkelten Raum und der Verkäufer spricht dich sogleich an:»Eigentlich schließe ich jetzt, aber als Fremder gebe ich Euch noch die Möglichkeit, einen unserer edelsten Tropfen zu erstehen.« Nach einem kurzen Beratungsgespräch sind es drei Weine, die deine Aufmerksamkeit erregen: ein Paz'ler Mondlese von 111, ein vorzüglicher Rotwein unter Kennern und für 6 Goldstücke die Flasche zu haben; außerdem ein Weißwein von 113 vom Weinbauern Jimeg für 4 Goldstücke die Flasche; doch die Krönung aller Weine ist laut dem Verkäufer der Paz'ler Marmod aus dem Jahr 98, nach König Marmod III. benannt. Dieser koste aber 30 Goldstücke die Flasche. Wenn du einen der Weine erstehen willst, ziehe die entsprechende Anzahl deiner Goldmünzen ab und trage ihn als Rucksackgegenstand ein. Danach schließt der Verkäufer seine Weinhandlung und da auch die Apotheke mittlerweile geschlossen hat, machst du dich auf den Weg ins Zwergental.

Lies weiter bei → 16

401

»Du Narr!«, herrscht dich der Wachtposten, der dir Einlass gewährte, an.»Glaubst du im Ernst, dass wir einen Andersgläubigen als Gast behandeln, ihr seid alle unsere Feinde. Ihr, die ihr den Roten Drachen als einzig wahre Gottheit leugnet.« Während dieser schlimmen Worte hörst du bereits, wie Armbrüste gespannt werden. Diese Glaubensfanatiker machen einen kurzen Prozess mit dir, dein Abenteuer ist hier zu Ende. ENDE

402

»Dagarmund ist ganz und gar nicht wie sein Vorgänger König Ruthegaard II. Mit Ruthegaard konnte ich einen Frieden aushandeln, der bis zu dessen Tod und dem Beginn der Ära Dagarmund angehalten hat. Dagarmund ist durch und durch böse und will unser Land angreifen, sobald er unsere Soldaten mit dieser dunklen Traummacht zermürbt hat. Aber ich bin mir sicher, Eure Mission wird gelingen und Ihr werdet dieses Wesen vernichten. Um Dagarmund kümmern sich dann meine Soldaten, aber erst müssen wir die aktuelle Gefahr abwehren.« Mit diesen Worten beendet er seine Rede, bevor er dich zu deinem Schlafgemach begleitet und dir eine gute geruhsame Nacht wünscht.

Lies weiter bei → 408

403

Du räusperst dich, damit der Andere auf dich aufmerksam wird. Erschrocken zuckt die Gestalt zusammen.

Lies weiter bei → 205

404

Der Mantel ist auf und du siehst nun, was der Fremde darunter verbirgt. An einer Kette um seinen Hals hängt das versilberte Abbild einer hässlichen Kreatur, die ein Klumpen aus Armen, Gesicht und sonst was ist und furchteinflößend aussieht. Das silberne Umhängestück beginnt urplötzlich rot und fluoreszierend zu leuchten, es pulsiert dabei regelrecht.

Verfügst du über die spezielle Eigenschaft Wissen
→ 337

Ansonsten lies weiter bei → 131

405

Von wegen Zollschranke, das war vielleicht früher einmal so. Außerdem stehen hier keine Zöllner. Du reitest flugs um die Schranke herum und problemlos auf den Weg zurück. Ein in den Lüften kreisender Adler fällt dir auf. Du bist dir sicher, dass ihn dieses Wesen dressiert hat und zusammen mit ihm arglose Leute ausraubt, die ihren Schatzbeutel hervorholen. Der Adler schnappt ihn sich dann und fliegt mit dem Wesen davon.

Lies weiter bei → 390

406

Über den Nachtschattenforst weißt du, dass er sehr dicht bewaldet und nachts sehr unheimlich ist. Es gibt zahlreiche Erzählungen über ihn, Legenden ranken sich um diesen Wald und den Nachtschatten, der dort leben soll. Nicht viele trauen sich des Nachts dorthin und schon gar nicht, um dort ihr Schlaflager zu errichten. Das Dorf, das mit vielen Kreuzen auf deiner Karte markiert ist, beherbergt in der Tat einen riesigen Friedhof. Doch dies ist nicht der Grund für die vielen Kreuze. Es handelt sich um eine Geisterstadt. Keiner geht nachts freiwillig dorthin. Bei der Burg des Roten Drachen handelt es sich um die Bleibe einer Glaubensgemeinschaft. Die dort lebenden Ritter sind strenggläubig und heißen sicherlich nur Glaubensbrüder, nämlich die Anhänger des Roten Drachen willkommen, Andersgläubige sind Feinde für sie. Was die beiden Lagerfeuer betrifft, das müsstest du selber herausfinden. Jetzt liegt die Entscheidung bei dir.

Möchtest du dich dem ersten Lagerfeuer nähern → 198

Oder dem zweiten Lagerfeuer, das einige hundert Meter den Weg weiter zu erkennen ist → 375

Reitest du in Richtung des Dorfes mit dem großen Friedhof → 489

Möchtest du zu der Burg des Roten Drachen, um dort um Quartier zu bitten → 453

Traust du dich, in den Nachtschattenforst zu reiten, um dort zu schlafen → 39

407

Du erwartest von deinem Gastgeber, dass er dir beim Frühstück Gesellschaft leistet, und machst ihm das auch deutlich klar.

Lies weiter bei → 61

408

Am nächsten Morgen wachst du ausgeruht auf. Der Traumfänger hat dir seine Dienste erwiesen, denn kein Alptraum hat dich heimgesucht. Jetzt geht es richtig los, du wirst bald aufbrechen und dich deinem nächsten Ziel, dem Zwergental, nähern. Doch bis dahin liegt noch ein weiter gefahrvoller Weg vor dir ...

Lies weiter bei → 264

409

Tatsächlich gibt dir das lebende Messingschloss die Instruktion, den Wein in seinen Mund, also in das Schlüsselloch zu kippen. Streiche danach den Wein von deiner Ausrüstungsliste. Nach einer Weile kommt auch eine Reaktion in der Form, dass du den Wein wieder entgegengespuckt bekommst: »Igitt, willst du mich vergiften?« Fassungslos stehst du nun da.

Lies weiter bei → 90

410

Mit erhobenem Schwert stürzt du auf den Fremden zu.

Lies weiter bei → 205

411

Der Landwirt hält dich für einen Eindringling und nach einem kurzen Wortgefecht lässt er den Hund von der Kette. Der Kampf ist unausweichlich.

Bluthund des Bauern   K 10   L 14

Gewinnst du → 479

412

Im Laufe des Nachmittages kommst du an eine Gabelung, an der du dich für einen von zwei Wegen entscheiden musst. Beide führen letztendlich in deine gewünschte Richtung. Der beschwerlichere Weg führt dich direkt über einen Vulkan, den du erklimmen und auf dessen anderer Seite wieder hinabsteigen kannst. Er liegt hinter einem exotischen Wald. Willst du den Vulkan meiden, kannst du ihn umgehen, indem du in eine auf der Karte verzeichnete Schlucht reitest, in deren Mitte ein Dorf liegt. Das ist ein Umweg, aber sicherlich nicht so beschwerlich wie der Weg über den Vulkan.

Verfügst du über die spezielle Eigenschaft Wissen → 117

Ansonsten kannst du die Herausforderung annehmen, den Vulkan zu überqueren → 136

Oder sicherheitshalber den Umweg durch die Schlucht und das in ihr liegende Dorf wählen → *277*

413

Im Vorbeireiten siehst du im Augenwinkel eine kleine Hütte, die einige Meter hangabwärts im äußersten Eck der Wiese steht.

Reitest du weiter → *272*

Hältst du dein Pferd an, um die Hütte zu durchsuchen → *114*

414

Du trittst durch das Dickicht und stehst vor den Männern, die dich allesamt anglotzen und dabei ihre Fleischkeulen für einen Moment vergessen. Lachend bitten sie dich, dich zu ihnen ans Feuer zu setzen, gerne kannst du auch die Nacht mit ihnen hier verbringen.

Nimmst du das Angebot an → *101*

Wenn du noch nicht dort warst, kannst du dich dem zweiten Lagerfeuer nähern → *375*

Reitest du ins Dorf mit dem Friedhof → *489*

Zur Burg des Roten Drachen → *453*

Oder direkt in den Nachtschattenforst → *39*

415

Jetzt beginnt der mühevolle Aufstieg zurück zum Kraterrand.

Würfle 1-mal. Zähle die Anzahl deiner Rucksackgegenstände zu dem Würfelergebnis dazu, falls du deinen Rucksack mitgenommen hast:

Bei einem Ergebnis von 1 bis 4 → 126

Bei einem Ergebnis von 5 bis 14 → 185

416

Hier hält dich nichts mehr. Schleunigst verlässt du den Schrein, um zu deinem Pferd zurückzukehren.

Lies weiter bei → 98

417

Hast du gerade im Gasthof ein Bier getrunken? Andernfalls hast du höllischen Durst und büßt dafür 2 Punkte deiner Lebensenergie ein. Lumelar liegt auch schon eine Weile hinter dir und du reitest in einen Nadelwald hinein. Schon bald gabelt sich der Weg vor dir. Deine Karte gibt hierüber keinen weiteren Aufschluss und so musst du selber zwischen einem der beiden Wege wählen.

Nimmst du den linken Weg → 459

Oder den rechten → 79

418

Der Stiel schmeckt so bitter, dass du ihn sofort wieder ausspuckst. Davon angeekelt, ist dir nicht mehr nach weiteren Kostproben zumute.

Lies weiter bei → 413

419

Der Priester sinkt tot vor dem Altar zu Boden.

Möchtest du schnellstmöglich Land gewinnen und den Ort verlassen → 111

Durchsuchst du den Tempel → 210

420

Schon nach wenigen Minuten hörst du Schreie vom Waldrand. Sofort eilen alle herbei, um entsetzt das zu erblicken, was zwei Zwerge dort vorgefunden haben. Brems Leiche liegt im Gestrüpp, den Verletzungen nach wurde der alte Mann von hinten erdolcht. Die Zwerge brauchen einige Zeit, um ihre Trauer zu bewältigen. Du machst dir währenddessen deine Gedanken darüber, was hier eigentlich im Gange ist. Besorgt brecht ihr auf.

Lies weiter bei → 99

421

Du kannst ihn in ein Gespräch verwickeln, er erzählt dir von seiner Reise zu dir und von einem Auftrag, den er dir vom König überbringen soll. Schließlich bist du so neugierig geworden, dass du ihn hineinbittest.

Lies weiter bei → 331

422

Der Hüne bleibt standhaft und lässt nicht mit sich handeln. Entweder du zahlst den vollen Preis oder du kannst seine Dienste nicht in Anspruch nehmen, das macht er dir unmissverständlich klar.

Zahlst du zähneknirschend die 20 Goldmünzen → 363

Zeigst du ihm die kalte Schulter und verzichtest auf seine Dienste → 302

Greifst du ihn an → 439

423

Die Männer stellen sich als Sird und Gatoor vor. Sie seien Gesandte ihres Sonnengottes Saah und stünden ihm zu Diensten. Er habe sie mit einer enormen Macht ausgestattet, die sie vor Gefahren und Angriffen schützt und fast unbesiegbar macht. Aber sie seien friedlich und nicht daran interessiert, jemandem zu schaden. Nur wenn sie angegriffen würden oder man ihnen das heilige Amulett stehlen würde, würden sie drastisch reagieren. Als Sird von dem heiligen Amulett spricht, greift Gatoor in einen der Rucksäcke. Zum Vorschein kommt ein goldenes Amulett, das an einer Halskette befestigt ist. Es zeigt eine goldene Sonne, die von ihren eigenen Strahlen umringt ist und ein geradezu menschliches Gesicht hat, mit Augen, Nase und Mund. Stolz baumelt es in Gatoors Hand und blinkt im Feuerschein. »Das ist unser Heiligtum, das wir von Saah erhielten, neben der Macht. Es erinnert uns immer daran, was unsere Mission ist und wem wir dienen. Für keinen Preis der Welt würden wir es aus unseren Händen geben.« Gemeinsam vespert ihr am Feuer, die beiden teilen mit dir ihren Proviant. Wenn du vorhin nicht gegessen hast, erhältst du die 3 Punkte deiner Lebensenergie wieder zurück. Gestärkt, aber müde legt ihr euch zur Ruhe.

Lies weiter bei → *169*

424

Gerade als man euch auftischt, meint Gargarod zu einem Diener: »Ich muss mich von den Strapazen erholen, lasst die Sänfte holen, damit ich mich noch ein bisschen ausruhen kann.« Kaum zwei Minuten später stehen vier Sänftenträger an eurem Tisch.

Möchtest du Gargarod bitten, dass er mit dir speist → *407*

Verabschiedest du dich erst mal von ihm und verzehrst dein Frühstück → *346*

425

Ob man dich verfolgt, kannst du gar nicht sagen, denn du hast genug damit zu tun, dich durch das Unterholz zum Pfad zurückzukämpfen. Da du dich nicht auf Anhieb zurechtfindest, dauert es länger und kostet dich enorme Kraft. Dafür musst du dir 2 Punkte von deiner Lebensenergie abziehen. Als du wieder dein Pferd besteigst, bist du froh und willst nur noch schlafen.

Lies weiter bei → 41

426

»Wer seid Ihr?«, fragt sie dich neugierig und verwundert.

Möchtest du ihr entgegnen, dass du ein Schlossbesucher bist → 188

Sagst du, dass du ein neuer Diener von Kaveca bist → 289

Entgegnest du ihr, dass du mit Kaveca sprechen möchtest → 53

Oder sagst du ihr, dass du hier bist, um Kaveca zu töten → 95

Möchtest du sie auf den entführten Gargarod ansprechen → 317

427

Nach einer guten Viertelstunde trifft ein von weiter unten kommender Weg mit deinem zusammen, wahrscheinlich ist dies der Weg, der an der letzten Abzweigung nach links führte.

Lies weiter bei → *319*

428

Aus einem Gehölz stürzt ein berittenes Ungetüm hervor. Es ist ein Wolf, auf dem sich ein Ork befindet, der fest entschlossen ist, dich anzugreifen. Sein langes gekrümmtes Schwert sieht furchterregend aus und hat bereits Rost angesetzt.

Reitender Ork K12 L20

Gewinnst du → *397*

429

Gierig schöpfst du Wasser aus dem kleinen Rinnsal, welches zum Tümpel führt. Die Erfrischung tut gut und die Kühle des Wassers zeigt Wirkung gegen die sengende Hitze hier. Nachdem du deinen Durst gestillt hast, blickst du in den klaren Tümpel. Der Schreck ist groß, als du im Wasser wie in einem Spiegel etwas siehst. Es ist das Gesicht jenes Wesens, das dir in deinem Alptraum begegnet ist. Für einen Moment verlierst du die Fassung, doch im Nu ist dieses Bild vor deinen Augen wieder verschwunden und du siehst nur bis auf den Grund des klaren Tümpels. Nichts hält dich mehr hier, schnell machst du dich auf deinen Weg durch den Dschungel.

Lies weiter bei → 347

430

Entscheide dich für eines, beides kannst du nicht gleichzeitig verwenden.

Benutzt du den Bannspruch → 163

Benutzt du das Dämonenschwert → 486

431

Die Stimme hallt von der Decke, aber du bezweifelst, dass es der Seher ist, der dir immer noch in Trance gegenübersitzt. Es ist auch mehr ein Knurren, das von oben zu dir hinabhallt. »Melihr … Alptraum … Melhir Alptraum … Dämon … die roten Kreise … der Dämon von Melihr … ein Alptraum wird wahr … Melihr wird für dich zum Alptraum!« Danach herrscht absolute Stille. Wer hat da zu dir gesprochen und um was ging es? Als nach einer halben Stunde nichts geschehen ist, verlässt du das Gewölbe, um zu Bett zu gehen. Dabei beschäftigen dich besonders die letzten gesprochenen Worte.

Lies weiter bei → 408

432

Gegen Mittag bekommst du zunehmend Hunger. Am Wegrand siehst du Sträucher, an denen Beeren hängen, die ähnlich wie Trauben aussehen, sie haben eine himbeerrote Farbe.

Verfügst du über die Eigenschaft Kräuterkunde → 455

Ansonsten kannst du von den Beeren essen → 309

Du kannst es auch sein lassen und eine von deinen Mahlzeiten verzehren → 129

Oder deinen Hunger unterdrücken und deinen Weg mit leerem Bauch fortsetzen → 328

433

Da der Dämon noch damit beschäftigt ist, seine langen Finger von seinem Opfer loszuwinden, hast du die nötige Zeit, dir das <u>Dämonenschwert</u> zu greifen. Diese Waffe hältst du jetzt in der Hand.

Lies weiter bei → 288

434

Deine beruhigenden Worte scheinen zu wirken. Langsam nimmt der in der Ecke kauernde Mann seine Arme zur Seite, bleibt aber weiterhin sitzen: »Ich bin Tosch, ein ganz elender armer Wurm bin ich. Früher porträtierte ich die Adeligen und reichen Weinbauern von Paz und war ein angesehener Künstler. Bis ich in die Fänge dieser Kaveca geriet. Ihre Dunkelkrieger verschleppten mich hierher. Man stellte mich vor die

Wahl, elendig zu sterben oder in die Dienste Kavecas zu treten. Seitdem male ich für Kaveca ihre Opfer. Zunächst aus Erzählungen diejenigen, die bereits verstorben sind. Doch in meinem Atelier in einem der Türmchen habe ich eine magische Kristallkugel, in der ich auch neue Besucher erkennen kann, lange bevor diese ankommen.« Erneut beginnt Tosch zu schluchzen.

Wünschst du ihm alles Gute und verlässt den Raum
→ 495

Fragst du ihn nach dem Bild, das er gerade hereingebracht hat → 88

Befragst du ihn über Kaveca, die Herrin des Schlosses
→ 386

435

Auf alles gefasst, trittst du in die Dunkelheit, doch durch den Lichtschein deiner Fackel kannst du deine Umgebung gut erkennen. Ein schmaler Gang führt nur zwei Meter weit in einen kleinen Höhlenraum, der durch deine Lichtquelle vollständig erhellt ist. Mehr gibt es hier nicht. Es ist deine Fackel, die einen Schatten auf der Felswand in Szene setzt. Er könnte von einem Menschen stammen, doch dein Schatten ist es nicht, denn dieser ist auf dem Höhlenboden zu sehen. Auch sonst befindet sich niemand in der kleinen Höhle, der diesen Schatten werfen könnte. Ist dies etwa der Nachtschatten, von dem dir erzählt wurde? Was machst du jetzt?

Schnell die Flucht ergreifen und zurück zum Zeltlager umkehren → 65

Dein Schwert ziehen und damit auf den Schatten einschlagen → 100

Auf der Flöte spielen, die man dir gegeben hat → 304

Abwarten, was passiert → 108

436

Glaubst du an den Grünen Drachen → 471

Ist dies nicht der Fall → 24

437

Du drückst den Knopf und – schwups! – dreht sich der Thron wieder um 180 Grad und du blickst jetzt auf die riesige Spiegelwand, durch die Kaveca verschwunden ist.

Falls du das Folgende noch nicht getan hast:

Möchtest du jetzt noch den gelben Knopf ausprobieren → 201

Möchtest du Kaveca durch den Spiegel verfolgen → 281

Suchst du nach Geheimgängen → 293

Möchtest du die noch nicht geöffneten Vorhänge nun öffnen → 306

Möchtest du den Thronsaal verlassen → 104

438

Schon seit einiger Zeit beschleicht dich das komische Gefühl, dass man dich verfolgt.

Willst du dich umdrehen und nach möglichen Verfolgern Ausschau halten → 458

Reitest du unbeirrt weiter → 98

439

Der Hüne ist schneller und durchschaut deine Absicht sofort. Mit einem kräftigen Tritt befördert er dich auf den Boden vor der Hütte und schlägt dann die Tür vor deinen Augen zu. Du jedoch hast Schmerzen und büßt durch Tritt und Sturz 8 Punkte deiner Lebensenergie ein. Hier richtest du nichts mehr aus, jetzt musst du deinen Weg alleine gehen.

Lies weiter bei → 302

440

Du holst zum Wurf aus und wirst dabei von jemandem aus der Menge angerempelt.

Würfle 1-mal.

Ist das Ergebnis 1 oder 2 → 490

Ist es 3 bis 6 → 379

441

Du betrittst eine kleine Halle, die mit violetten Samt-
teppichen ausgekleidet ist. Bis auf eine an der rechten
Wand stehende Kommode, über der ein schlichter
Spiegel mit Goldrahmen hängt, und einem gepolster-
ten Stuhl davor gibt es kein Mobiliar. Auf der Kommode stehen zwei brennende Kerzen in Leuchtern, außerdem ein mit roter Flüssigkeit gefülltes Kristallglas.
Daneben liegt ein beschriftetes Stück Pergament. Gegenüber führt eine weitere Tür aus der Halle.

Möchtest du das Pergament lesen → 263

Untersuchst du lieber den Spiegel → 295

Möchtest du die Flüssigkeit näher betrachten → 6

*Hältst du dich damit nicht auf und steuerst stattdessen
die nächste Tür an → 301*

442

Du steigst die breite Treppe im bewaldeten Hang hinauf. Nach einer Biegung siehst du das Treppenende,
links und rechts davon sitzen auf den Steinsockeln je
ein aus Grünschiefer gefertigter Drache, die auf den
Ankömmling schauen. Du schreitest zwischen den beiden Drachen auf eine Art Terrasse, die ein tempelarti-
ges Gebäude umgibt. Und das alles mitten im Nadelwald.

Machst du kehrt und setzt deinen Weg fort → 427

Gehst du um das Gebäude herum → 133

*Möchtest du den Tempel oder was das auch immer ist
durch die Öffnung betreten → 376*

443

Als Zwerg getarnt, machst du dich auf den Weg über
die Brücke. Es ist mühsam, im Entengang kommst du
nur langsam voran und musst deine Arme ganz schön
strecken, um die Handläufe überhaupt greifen zu können. Als eine kräftige Sturmbö die Brücke erfasst,
schwankt diese und kippt zur Seite. Wenn du Pech
hast, verlierst du den Halt und stürzt durch die Öffnung zwischen den Bodenbrettern und dem Handlauf
hindurch senkrecht in die Tiefe. Vielleicht wäre es
doch klüger gewesen, normal über diese Brücke zu gehen, denkst du noch ...

Würfle 1-mal:

Bei einem Ergebnis von 1 bis 3 → 44

Bei einem Ergebnis von 4 bis 6 → 139

444

Du findest dich in der Dunkelheit nicht gut zurecht und
es dauert länger, bis du den Pfad wiederfindest und
dein Pferd erreichst. Für diese mühsame Sucherei und
den Kampf durch das Dickicht büßt du 2 Punkte deiner
Lebensenergie ein. Jetzt willst du nur noch ein Schlaflager aufschlagen.

Lies weiter bei → *41*

445

Lies weiter bei → *172*

446

Vorsichtig näherst du dich in der Dunkelheit der Brücke, die zum Schlosstor führt. Im Fackelschein stehst du danach vor dem metallbeschlagenen Tor. Während du noch nach einer Möglichkeit suchst, wie man das Tor von außen öffnen kann, ertönt eine Stimme:»Hier bin ich!« Dadurch wird dein Blick auf einen rechteckigen Messingbeschlag gelenkt, der sich in etwa auf deiner Kopfhöhe befindet. Du stehst einem sprechenden Türschloss gegenüber. Es hat ein Gesicht und der Mund, der die Form eines übergroßen Schlüssellochs hat, bewegt sich, als das Torschloss weiterspricht: »Willst du in das Schloss hinein, gib dem Türschloss guten Wein.«

Bietest du dem Türschloss eine Flasche Paz'ler Mondlese an → *147*

Oder einen Weißwein von 113 → *380*

Vielleicht eine Flasche besten Paz'ler Marmod → *409*

Hast du keinen der Weine bei dir oder möchtest keinen hergeben → *90*

447

Lies weiter bei → 343

448

Der Bedienstete macht dir klar, dass Gifte nicht an jedermann verkauft werden. Da die Apotheke nun schließt, musst du das Geschäft verlassen.

Lies weiter bei → 492

449

Mit aller Kraft und seiner ganzen Masse hält Muro das Seil fest, an dem du dich langsam zu der Öffnung hinablässt.

Hast du mehr als 5 Rucksackgegenstände → 185

Sind es 5 oder weniger → 92

450

Wanosch erhebt seine Stimme: »Ich habe einen speziellen <u>Traumfänger</u> erschaffen können, nach wochenlanger Forschung ist es mir endlich gelungen. Du sollst ihn mit dir nehmen. Zumindest bis du in Lazedon bist, wirst du von ihm geschützt werden, die bösen Träume werden dich bis dorthin nicht erreichen.« Er überreicht ihn dir. Vermerke ihn als speziellen Gegenstand, den du NICHT aus eigener Entscheidung ablegen kannst. »Jetzt muss ich wieder nach Lazedon, um mit unseren Spionen zu sprechen und neue Nachrichten an den Hof bringen zu können.« Plötzlich ist der große Magier Wanosch ein kleiner Vogel geworden, der vom Tisch aus durch das geöffnete Fenster hinausfliegt. Wäre es auch für dich nur so einfach, nach Lazedon zu gelangen, wie für den großen Magier Wanosch. Bevor du dich für das anstehende Abenteuer ausruhst und rüstest, hast du folgende Möglichkeiten:

Du sprichst mit Marmod unter vier Augen → 12

Du sprichst mit Sal'Jil unter vier Augen → 345

Außerdem bietet dir der König Folgendes an:

Du kannst dich noch etwas in der Kampfkunst trainieren lassen → 112

Du kannst deine Wunden heilen lassen, falls du schon Lebensenergiepunkte eingebüßt hast → 465

Du kannst einen Weissager des Hofes aufsuchen, um in deine persönliche Zukunft zu blicken → 351

451

Etwas beschämt, entfernst du dich von dem Bettler und Landstreicher. War es richtig, hier nicht geholfen zu haben?

Lies weiter bei → 344

452

Als du den Raum wieder betrittst, ist der Künstler nur noch ein Häufchen Elend, das völlig aufgelöst und zitternd in der Ecke kauert und unter Tränen schluchzt: »Ich male jeden, der kommen wird. Aber sonst habe ich mit dem, was in diesem Schloss vor sich geht, nichts zu tun. Verschont mich!«

Verlässt du nun den Raum und Tosch, um deinen Weg fortzusetzen → 495

Fragst du Tosch, welche Beschriftung für dich auf dem Bilderrahmen vorgesehen ist → 31

453

Nach einem Kilometer steigt der Weg steil an und gleichzeitig beginnt der Wald. Vorsichtig reitest du den kurvigen schmalen Pfad im dunklen Wald hinauf, das Mondlicht scheint zum Glück hell durch die lichten Baumkronen, so dass du etwas sehen kannst. Abrupt hältst du dein Pferd an, als du nach einer scharfen Kurve Mauern in der Dunkelheit erkennst. Ein von Fackeln erhelltes, imposantes Tor bildet hier den Eingang zur Burg des Roten Drachen. Über den Fackeln ragt jeweils eine grässliche, im Fackelschein rötlich schimmernde Drachenskulptur aus Stein aus dem Mauerwerk heraus. Sie blicken bedrohlich auf jeden Ankömmling herab. Sind sie so etwas wie die Torhüter? Aber lebendig sind sie ja nicht. Oder etwa doch? Plötzlich spricht dich der rechte dieser steinernen Drachen an. Düster hallt seine Stimme durch die Dunkelheit nach unten zu dir: »Was ist Euer Begehr?«

Bittest du um Einlass und ein Nachtquartier → 4

Wartest du ab, was passiert → *140*

454

Völlig außer Atem, steht ihr auf der nun wieder geschlossenen äußeren Platte der Geheimtür. Nach einer kurzen Verschnaufpause rennt ihr beide zu deinem versteckten Pferd und gemeinsam prescht ihr in Richtung Zwergental davon. Ihr seid Kaveca und ihren Schergen gerade noch mal entkommen.

Lies weiter bei → *266*

455

Dir sind diese Früchte bekannt, es sind Gringa-Beeren, sehr lecker und nahrhaft. Deine Entscheidung ist schnell getroffen.

Lies weiter bei → *309*

456

Der Abstieg auf der anderen Seite ist bei Weitem nicht so beschwerlich und gefahrvoll wie der Aufstieg zum Gipfel. Metillos meint, dass es nicht mehr sehr weit zu Brems Hütte sei und ihr sie bis zum Einbruch der Nacht erreicht haben werdet. Die nächste Etappe in den Bergen ist gegen das, was hinter euch liegt, ein gemütlicher Spaziergang und in der einbrechenden Dunkelheit habt ihr dann auch Brems Hütte erreicht. Auch die

Stimmung hat sich bei den meisten Zwergen wieder leicht gebessert.

Lies weiter bei → 102

457

Du möchtest keine Begegnung mit diesem Mann riskieren und schleichst in seinem Rücken die Wiese hinauf zu deinem Pferd. Ob er dich bemerkt hat, kannst du nicht sicher sagen, doch er setzt unermüdlich seine Arbeit fort. Du schwingst dich in den Sattel.

Lies weiter bei → 272

458

Immer wieder blickst du dich verstohlen um, damit du mögliche Verfolger frühzeitig ausmachen kannst. Doch du siehst niemanden. Mit einem unguten und etwas mulmigen Gefühl setzt du deinen Weg fort, weiter befürchtend, dass dir jemand im Nacken sitzt.

Lies weiter bei → 98

459

Der Weg führt sachte bergab, weiter durch den dichten Nadelwald. Als auf der linken Seite eine kleine grüne Wiese auftaucht, die eine Lichtung bildet, siehst du am rechten Wegrand einige große Pilze mit weißen Stielen.

Setzt du deinen Weg fort→ 413

Betrachtest du dir die Pilze näher → 208

460

»Gargarod ist ein enger Verbündeter von mir und wird Euch ganz sicher helfen. Seine Zwergenkrieger werden Euch zur Seite stehen. Aber er ist zugegebenermaßen auch sehr exzentrisch, um nicht zu sagen verweichlicht. Aber seine Hilfe ist Euch sicher.« Nach diesen Worten wünscht dir der König eine gute Nacht und begleitet dich noch persönlich bis in dein Schlafgemach.

Lies weiter bei → 408

461

Entschlossen, aber doch mit einer gewissen Vorsicht verfolgst du die Hexe die Wendeltreppe hinunter. Als diese endet, trittst du in einen von Fackeln erhellten Kellergang. Du blickst in beide Richtungen. Zur Linken siehst du, dass der Gang an einer Tür endet, die aus Gitterstäben besteht. Und rechts – Kaveca! Sie rennt den Gang entlang, direkt auf eine Tür zu, sie versucht vor dir zu fliehen. Wie entscheidest du dich?

Verfolgst du Kaveca → 296

Möchtest du nach links in den Gang zur Gittertür → 352

462

Deine Zwergenkrieger laufen jeder einzeln über die Brücke, doch für ihre kurzen Arme ist das Geländer, das ,auf Menschenmaße ausgerichtet, auf beiden Seiten entlangführt, viel zu hoch. Der starke Sturm hier oben lässt die Brücke schwanken und mit etwas Pech fällt ein Zwerg zwischen den Stiegen und dem Geländer durch, wenn er das Gleichgewicht verliert. Nachdem der letzte Zwerg vor dir die Brücke betreten hat, geschieht es. Hinter einem Busch in deiner Nähe stürzt eine Gestalt in einem weiten schwarzen Umhang hervor und rammt dir einen gezückten Dolch in den Rücken. Sie hat nur darauf gewartet, bis du alleine bist, um ihren heimtückischen Angriff auszuführen. Dem Meuchelmörder ist sein Angriff gelungen, er hatte dich bereits in Lumelar aufs Korn genommen. Dein Abenteuer endet hier. ENDE

463

Der Schrein ist sehr überschaubar, keine zwei Meter ist er lang. An seinem Ende befindet sich ein kleiner Altar, auf dem die Skulptur eines grünen Drachen steht. Wer immer diesen behelfsmäßigen Reliquienort eingerichtet hat, er scheint an den Grünen Drachen zu glauben.

Glaubst du an den Grünen Drachen → 144

Gilt dein Glauben dem Roten Drachen oder etwas anderem → 416

464

Die Zeit bis Mitternacht erscheint dir endlos lang. Eine Kleinigkeit zu essen und zu trinken bekommst du gestellt. Kurz vor Mitternacht spannt sich die Situation weiter an, die Frauen, die Kinder und auch einige Männer kauern hinter den Tischen, die Tür ist behelfsmäßig verrammelt worden. Dann schlägt die große Dorfuhr Mitternacht. Man könnte die sprichwörtliche Stecknadel fallen hören. Und dann passiert es. Jemand oder etwas rüttelt an der Eingangstür. Einige Kinder schreien verängstigt auf, aber ihre Mütter halten ihnen die Münder zu. Selbst den Erwachsenen stockt der Atem.

Hast du einen Bannspruch gegen Dämonen und das Dämonenschwert → *430*

Hast du den Bannspruch gegen Dämonen, aber kein Dämonenschwert → *163*

Hast du das Dämonenschwert, aber keinen Bannspruch gegen Dämonen → *486*

Hast du beides nicht, so kannst du:

Entweder dein Schwert ziehen und dich auf den möglichen Eindringling vorbereiten → *330*

Wenn du gelbes Schlafpulver hast, kannst du es gegen den möglichen Eindringling vorbereiten → *50*

Oder dich mit vielen anderen hinter den Tischen verstecken → *360*

465

Deine Wunden werden versorgt und mit Kräutern und Salben behandelt. Die anfänglichen Punkte an Lebensenergie sind wieder hergestellt. Mit neuer Kraft ziehst du dich anschließend in dein Schlafgemach zurück.

Lies weiter bei → 408

466

Verfügst du über die Eigenschaft Wissen → 122

Ist dies nicht der Fall → 91

467

Aus fünf von den sechs Feldern schießen magische Flammen hervor. Du befindest dich in einem davon, deine Wahl fiel auf ein falsches Feld. In diesem magischen Feuer wirst du dein Leben elendig aushauchen. Dein Abenteuer endet hier. ENDE

468

Du bekommst 20 Goldstücke von der Zauberin und bist voller Dank. Frohen Mutes machst du dich auf den weiteren Weg und verabschiedest dich von ihr.

Lies weiter bei → 491

469

Man ist enttäuscht, bringt dich aber dennoch in eines der Zelte zum Übernachten. Erschöpft schläfst du alsbald ein. Nach einer erholsamen Nacht verabschiedest du dich von den Waldmenschen, die dich zum Pfad zurückbringen, wo doch tatsächlich dein Pferd auf dich zugaloppiert kommt. Du besteigst den treuen Begleiter, um deine Reise fortzusetzen.

Lies weiter bei → 106

470

Lies weiter bei → 354

471

Du bist im Tempel des Grünen Drachen als Glaubensbruder willkommen, der Priester spricht ein Gebet für dich und wünscht dir den Segen eures gemeinsamen Gottes. Danach verabschiedest du dich von ihm.

Lies weiter bei → 427

472

Noch eine Weile bleibt ihr hinter der Tür und lauscht in die Stille. Doch niemand klopft mehr, nichts ist draußen zu hören. Ihr beschließt, zwei Wachen hinter der Tür zu postieren, die übrigen Männer können sich wieder schlafen legen. Doch so richtig will dir das nicht gelingen. Am nächsten Morgen bist du ziemlich gerädert, als ihr euch von Brem verabschiedet und auf den Weg macht.

Lies weiter bei → 99

473

Du stürzt aus dem Sattel deines Pferdes und ziehst dir einige Schürfwunden zu, als du durch eine Furche reitest, in der dein Pferd mit den Vorderläufen an einer Wurzel hängenbleibt. Dieser unschöne Zwischenfall kostet dich 4 Punkte deiner Lebensenergie.

Wenn du noch lebst, lies weiter bei → 412

474

Du befürchtest schon, dass etwas in deinem Rücken geschieht oder dieser Mann dich verfolgt, als du über den Teppich davonrennst, doch im Freien angelangt, atmest du erst mal erleichtert auf, ehe du die Treppe herunterhastest.

Lies weiter bei → 427

475

Nach eurer Rast gelangt ihr an einen Punkt, an dem es rechter Hand eine um einiges höher gelegene riesige Höhlenöffnung gibt. Doch ihr müsst hier nach links durch eine der Höhle gegenüberliegende Schlucht, es geht dabei sogar kontinuierlich leicht bergab. Viel

Platz habt ihr nicht in der Felsrinne und du bildest das Schlusslicht der Marschkolonne. Plötzlich hörst du ein dumpfes Grollen hinter euch, erschrocken drehst du dich um und siehst, wie eine riesige Felskugel donnernd aus der Höhlenöffnung herausrollt, möglicherweise wurde sie von einem gigantischen Wesen angestoßen. Doch darüber kannst du dir jetzt keine Gedanken mehr machen, denn die Kugel rollt direkt auf die Felsrille und damit euch zu, sie wird zumindest den hinteren Teil von eurer Truppe zermalmen. Panisch beginnst du zu rennen, doch die kleinen Zwerge mit ihren kurzen Beinen sind nicht so schnell. Wenn du überleben möchtest, hast du keine andere Möglichkeit, als innerhalb deiner Truppe über einige Zwerge zu springen und so voranzukommen.

Springst du im Bocksprung über die Zwerge, um der Gefahr hinter euch zu entgehen → 121

Brüllst du lieber wie ein Ochse, um deinen Zwergenkriegern Beine zu machen → 229

476

Möchtest du dich als Zwerg tarnen, in die Hocke gehen und dich im Entengang über die Brücke bewegen → 443

Oder ganz normal laufen → 7

477

Düster schaut dich der Mann mit seinem heilen Auge aus der Kapuze heraus an. »Hast du sie wegfliegen sehen?«, fragt er dich. Du jedoch bist irritiert und als du nicht sofort reagierst, wiederholt er seine Frage, doch jetzt ungehaltener. Wie reagierst du?

Sagst du ja → 181

Sagst du nein → 316

Sagst du ihm, dass du nicht weißt, was er eigentlich von dir will → 324

478

Deine Zwergenkrieger warnen dich eindringlich davor, das Medaillon zu berühren oder dir sogar umzuhängen. Angst erfüllt ihre Augen.

Hörst du auf deine Gefährten → 48

Greifst du trotz der Warnungen nach diesem Medaillon und hängst es dir um deinen Hals → 384

479

Aus sicherem Abstand beobachtet der Landwirt den Kampf, in dem sein Wachhund und Beschützer besiegt wird. Der Landwirt signalisiert dir, dass er keinen Widerstand leisten wird. Du kannst ihn davon überzeugen, dass du kein Eindringling bist, wie er vermutete, aber du siehst auch ein, dass du hier keine Gastfreundschaft mehr erfahren wirst. Weiterem Ärger willst du aus dem Weg gehen, deshalb verlässt du das Gehöft.

Lies weiter bei → 284

480

Langsam näherst du dich über den Teppich dem Podest. Der Mann hinter dem Altar hat keine Haare mehr und sein Gesicht schimmert grünlich im Fackelschein. Vor dem Podest bleibst du stehen, da hörst du wieder die Stimme des Mannes: »Tretet vor den Altar!«

Leistest du dem Folge → 219

Möchtest du die Halle schnell verlassen → 474

481

Du hebst die Kissen hoch und schaust dich genau um. Dabei findest du nichts. Auch nach einer ganzen Weile der Sucherei bleibt der Erfolg aus.

Verlässt du nun den Tempel → 111

Untersuchst du noch den Altarbereich → 36

482

Von allen Seiten gerätst du unter Beschuss. Deine Deckung geht schließlich aufgrund der Feuerstrahlen in Flammen auf. Du musst hier raus, und zwar sofort, sonst wird dies dein Ende sein.

Lies weiter bei → 374

483

Kopfschüttelnd schaut dich der König an, seine Augen scheinen fast traurig. »Weshalb misstraut Ihr denn meinem besten Magier Wanosch?« Eine konkrete Antwort kannst du nicht geben, du sagst, dass es eher ein Gefühl in dir sei, was dich dazu bringe. »Ich bin wirklich etwas enttäuscht, denn ich setze all meine Hoffnungen in Euch, dass Ihr unser Land vor dem Untergang bewahren werdet. Und Ihr misstraut meinem besten Magier Wanosch, dem ich wiederum vollstes Vertrauen schenke. Passt auf Euch auf und lernt den Richtigen zu vertrauen, und dort zu misstrauen, wo es angebracht ist.« Der König wünscht dir eine geruhsame Nacht, bevor er dich persönlich in das für dich hergerichtete Schlafgemach geleitet.

Lies weiter bei → *408*

484

Die Apotheke ist sehr geräumig und viele Bedienstete wuseln herum. Phiolen, Tränke, Pillen und Kräutermischungen stehen in den Regalen. Du weißt gar nicht so recht, nach was du fragen und wonach du Ausschau halten sollst. Dies bemerkt auch ein junger Mann mit einem Kneifer, der wie die anderen Bediensteten das Gewand der Apotheker- und Heilergilde von Paz trägt. »Kann ich Euch helfen?«, fragt er dich freundlich. Was willst du ihm antworten?

Fragst du ihn nach einem Heiltrank → *66*

Möchtest du ihn nach einem Schlafmittel fragen
→ 113

Oder fragst du ihn nach einem besonders guten Gift
→ 448

Fragst du ihn lieber nach Gargarod, dem Zwergenkönig → 315

Hast du doch kein Interesse, so kannst du die Apotheke auch wieder verlassen → 492

485

Die 10 Krieger machen sich an den Abstieg, streiche also 10 Punkte von deiner Truppenstärke (hattest du weniger als 10 oder genau 10, stehst du nun alleine da, dein Abenteuer endet in den Bergen, wie in Abschnitt 239 zuvor bereits erläutert wurde). Und als du gerade deine restlichen Krieger zum Aufbruch bewegen möchtest, meinen 7 von ihnen, dass sie ebenfalls den Rückweg antreten möchten und es nicht einsehen, dass sie ihr Leben riskieren, während du anderen gewährst, den Rückzug anzutreten (hast du weniger als 7 Zwergenkrieger, sind dies alle verbliebenen).

Gibst du auch hier nach → 67

Beschließt du, von nun an jeden zum Duell herauszufordern, der gehen möchte → 148

486

An der Tür wird mit einer immensen Kraft gerüttelt, sie biegt sich gar nach außen. Schließlich birst sie und die Holzsplitter fliegen nach draußen ins Dunkle. Nicht lange dauert es, da erscheint ein grauenvolles Wesen in der nun vorhandenen Öffnung. Er hat den Körper eines Menschen und trägt schwarze Kleidung, doch seine rübenblauen Finger reichen bis fast auf den Boden und gleichen eher Tentakeln. Das Schlimmste aber ist der überproportional große, kugelförmige Kopf in der Farbe des leuchtenden Mondes. In dessen Mitte liegen die winzigen Augen, die Nase und der Mund ganz eng beieinander. Es ist das blanke Grauen, der Horror, was da in die Gaststätte tritt. »Der Dämon ist gekommen«, hörst du eine flüsternde Stimme in deiner Nähe. Du nimmst dein Dämonenschwert in beide Hände und machst dich zum Kampf bereit. Der Dämon erblickt dich und ein hässliches Lachen kommt aus seinem kleinen Mund, der auf diesem monströsen Kopf widerlich wirkt.

Lies weiter bei → 288

487

Lies weiter bei → 81

488

»Was ist hier los?«, fährst du den Greis an. Doch eine Antwort bekommst du nicht. Stattdessen wippt der Schaukelstuhl sachte hin und her. Niemand sitzt mehr darin. Dich überkommt Panik und du willst hier nur noch raus.

Lies weiter bei → 383

489

Du reitest noch keine Minute in Richtung dieses Dorfes, da kommt dir jemand in der Dunkelheit entgegen. Es ist ein gebückter Mann, der einen Karren hinter sich herzieht. Mehr erkennst du in der Dunkelheit aus der Entfernung erst mal nicht.

Drosselst du dein Pferd, um mit dem Mann zu sprechen → 62

Reitest du schnurstracks an ihm vorbei in Richtung des Dorfes → 244

490

Streiche den <u>violett schimmernden Stein</u>. Leider wird die Wurfbahn durch den Rempler beeinflusst und der Stein landet neben dem Scheiterhaufen und nicht bei der Frau. Was machst du jetzt?

Greifst du zum Schwert und stürzt du dich auf den Mann mit der Fackel → 52

Verdrückst du dich schnell, bevor sich die Menge nach dem verunglückten Wurf noch auf dich stürzt → 238

491

Du hast das Dorf hinter dir gelassen und reitest auf den Talausgang zu. Auch dieser ist sehr schmal, die Felsen auf beiden Seiten berühren sich fast und sind durch einen Felsbogen, der eine Art Tor bildet, miteinander verbunden. Du drosselst die Geschwindigkeit deines Pferdes, um durch dieses schmale Felstor zu reiten, ohne dich zu verletzen. Als du es passierst, merkst du, wie die Felsen links und rechts grünlich zu leuchten beginnen.

Willst du schnell weiter → 312

Willst du die schimmernden Felsen auf der linken Seite berühren → 30

Willst du die schimmernden Felsen auf der rechten Seite berühren → 280

492

Die Weinhandlung nebenan hat bereits geschlossen. Deshalb beschließt du, ins Zwergental aufzubrechen und Gargarod um Hilfe zu bitten.

Lies weiter bei → 16

493

Sie holt ein Pergament und überreicht es dir. 'Sabitu sabuti sibu savidu' steht mit roter Tinte geschrieben darauf. »Mit diesen mächtigen Worten und der Zauberkraft, die in diesem Pergament ruht, könnt Ihr ei-

nen Dämon bannen. Setzt die Macht dieses Bann-
spruchs sorgsam ein.«Dankbar machst du dich auf den
weiteren Weg. Vermerke den <u>Bannspruch gegen Dä-</u>
<u>monen</u> als speziellen Gegenstand in deinem Protokoll.

Lies weiter bei → *491*

494

Du zeigst dem Wirt schließlich das Pergament, worauf
dieser voller Hoffnung meint:»Vielleicht wird das
heute Nacht unsere Rettung sein. Dann lasst uns warten und gemeinsam hoffen. Forjan hat das Schwert
und Ihr den Bannspruch.«

Lies weiter bei → *464*

495

Der Gang beschreibt eine Linkskurve. Vor dieser ist
noch eine Tür, auf die du geradewegs zusteuerst. Doch
sie ist abgeschlossen und du hast keinen passenden
Schlüssel dabei. Aufbrechen möchtest du sie auch
nicht, womöglich würden durch den Krach Dunkelkrieger oder andere finstere Kreaturen angelockt werden,
die hier heimisch sind. Deshalb gehst du um den Knick
im Flur. Auf halbem Weg bis zur nächsten Biegung
nach links siehst du linker Hand eine riesige Tür. Die
Aufschrift 'Thronsaal' prangt in vergoldeten Lettern
über ihr. Hier ist dein Ziel, denn wenn du Gargarod in
diesem Gemäuer finden willst, musst du Kaveca stellen und sie zwingen, dich zu ihm zu führen. Doch ist die

Herrin des Hauses überhaupt anwesend heute Nacht oder zieht sie gar die Vergnügungen des Lichterfestes in Paz vor? Nein, diese Hexe hat gerade Gargarod verschleppen lassen und muss hier sein! Jetzt beschäftigst du dich näher mit der Tür und wie du sie öffnen kannst. Auf einer Leiste in halber Höhe befinden sich fünf Schlösser. Diese sind jeweils innerhalb eines von fünf Symbolen angebracht: einem Stern, einem Kreis, einem Quadrat, einem Dreieck und einem Pentagramm. In jedem dieser Symbole befindet sich neben dem Schlüsselloch noch eine kleine eingravierte Nummer: im Stern eine 80, im Kreis eine 364, im Quadrat eine 267, im Dreieck eine 486 und im Pentagramm eine 254.

Wenn du einen Schlüssel hast, kannst du ihn in einem der Schlösser ausprobieren. Addiere die Nummer des Schlüssels und die Nummer, die in dem entsprechenden Symbol neben dem Schlüsselloch steht, und lies im entsprechenden Abschnitt weiter.

Ansonsten musst du das Schloss weiter nach einem passenden Schlüssel durchsuchen → *327*

496

Du betrittst einen mit Menschen gefüllten Schankraum und auch nach dir kommen immer noch Menschen im 'Gefüllten Krug' an. Man hat die Tische in den hinteren Teil des Raumes gebracht und dort so hingelegt, dass ihre Platten in Richtung Tür weisen. Einige

Menschen, vor allem Frauen und Kinder, kauern verängstigt dahinter. Es ist der Wirt, der dich am Ärmel packt und zur Seite zieht. Er reckt sich zu dir hinauf und meint in einer Mischung aus Flüstern und Reden:»Ihr seid wohl fremd hier. Wir aber leben seit über einhundert Jahren mit diesem Fluch über Melihr, den ein furchtbarer Dämon über diesen kleinen Ort ausgesprochen hat. Damals setzte er die roten Kreise in unser Dorf, die Ihr vielleicht gesehen habt. Wenn es auch nur ein Lebender wagt, einen dieser Kreise zu betreten, würde der Dämon um Mitternacht der darauffolgenden Nacht wiederkehren und alles Leben in Melihr auslöschen.« Du musst schlucken und versicherst dem Wirt, durch keinen der roten Kreise geschritten zu sein.»Das glaube ich Euch gerne, Fremder, trotzdem ist es jeden Abend das gleiche Spiel. Einige wenige verrammeln sich in ihren Häusern, der Großteil der Bürger kommt in den 'Gefüllten Krug' und gemeinsam harren wir hier aus bis nach Mitternacht mit der Angst, dass sich der Fluch erfüllt, weil jemand in einen der Kreise getreten ist. Forjan, unser Stärkster, hält das magische Dämonenschwert, er wird uns verteidigen, falls der Dämon kommt. Bisher ist das zum Glück noch nie geschehen. Noch einige Stunden müssen wir warten bis es Mitternacht ist, dann werden wir sehen, was diese Nacht geschieht und ob heute jemand in einen dieser Kreise getreten ist. Unser Leben ist auf den Kopf gestellt, wir schlafen meist tagsüber und halten nachts Wache hier im 'Gefüllten Krug'.«

Möchtest du mit den anderen Leuten bis Mitternacht warten → 464

Möchtest du das Dämonenschwert, um euch gegebenenfalls verteidigen zu können → 103

Hast du einen Bannspruch gegen Dämonen und möchtest du diesen dem Wirt mitteilen? → 494

497

Nach einem Wortwechsel durch die geschlossene Tür siegt schlussendlich doch noch die Neugier bei dir. Mit dem Schwert fest in der einen Hand, öffnest du mit der anderen die Tür.

Lies weiter bei → 171

498

Zunächst ist die Menge, die einen Kreis um euch gebildet hat, fassungslos. Doch dann brandet tosender Beifall über dich herein, während Forjan betreten den Ring verlässt.»Er ist unser Held, er wird uns vor dem Dämon retten können.« Der Wirt überreicht dir das Dämonenschwert. Es ist vorne gezackt und schimmert gelblich an seiner Spitze, ansonsten ist die große Waffe pechschwarz. Vermerke die Waffe auf deinem Protokoll als speziellen Gegenstand.

Lies weiter bei → 464

499

Dort, wo noch vor Sekunden der grauenhafte Dämon stand, steigen schwarze Rauchkräusel in die Höhe. Der Mondkopfdämon von Melihr ist besiegt, der Fluch über dieses Dorf gebrochen. Der Dank ist überschwänglich, du wirst stundenlang als Held gefeiert und musst versprechen, jedes Jahr an diesem Tag, der in die Chroniken von Melihr eingehen wird, wiederzukommen. An Schlaf ist nach diesen Ereignissen kaum zu denken. Im Morgengrauen möchtest du als 'Belohnung' für die von dir vollbrachte Heldentat nur, dass du dich in ein ruhiges Eck zurückziehen und wenigstens noch ein paar Stunden schlafen kannst, bevor es bald schon weitergehen wird. Diesen Wunsch gewährt man dir und tatsächlich bekommst du noch eine Mütze voll Schlaf. Am späten Morgen brichst du auf, Menschenscharen stehen auf den Straßen, sie verneigen sich vor dir und rufen dir ihren großen Dank zu. Kinder rennen neben dir her und werfen aus Körben Blumenblüten in die Luft. Außerdem erhältst du 30 Goldmünzen von den Dorfbewohnern, die sie bereits frühmorgens für dich gesammelt haben. Leider war dieser große Kampf nicht das glorreiche Ende deiner Mission, sondern ein weitaus größerer Schrecken lauert noch im Verborgenen.

Lies weiter bei → 245

500

Die Schlacht ist zu Ende, der Gegner wurde besiegt. Du und die Überlebenden deiner Truppe fallen sich allesamt in die Arme. Freudentränen werden vergossen. Doch die Zeit drängt. Du musst dich beeilen und darum bemühen, dass du in der Höhle des Löwen inkognito bleibst. Und dass du deinen Verbündeten Herdwick so schnell wie möglich findest oder er dich. Die Zwerge möchten wieder zurück in ihr Dorf und haben noch einen langen Weg vor sich. Nach einem kurzen, schmerzfreien Abschied macht sich jeder auf seinen Weg. Für dich aber beginnt nun der zweite Teil deines größten Abenteuers. Der stärkste Feind wartet nämlich noch auf dich.

Weiter geht es im zweiten Teil deines großen Abenteuers - der 'Gefahr in den Träumen'. Doch dies ist bereits ein neues Abenteuer.

∞ (unendlich)

»Hervorragend, genauso ist es. Das Schloss des Zauberers hat unendlich viele Zimmer.« Mit diesen Worten öffnet sich das Schlosstor vor dir.

Lies weiter bei → *441*